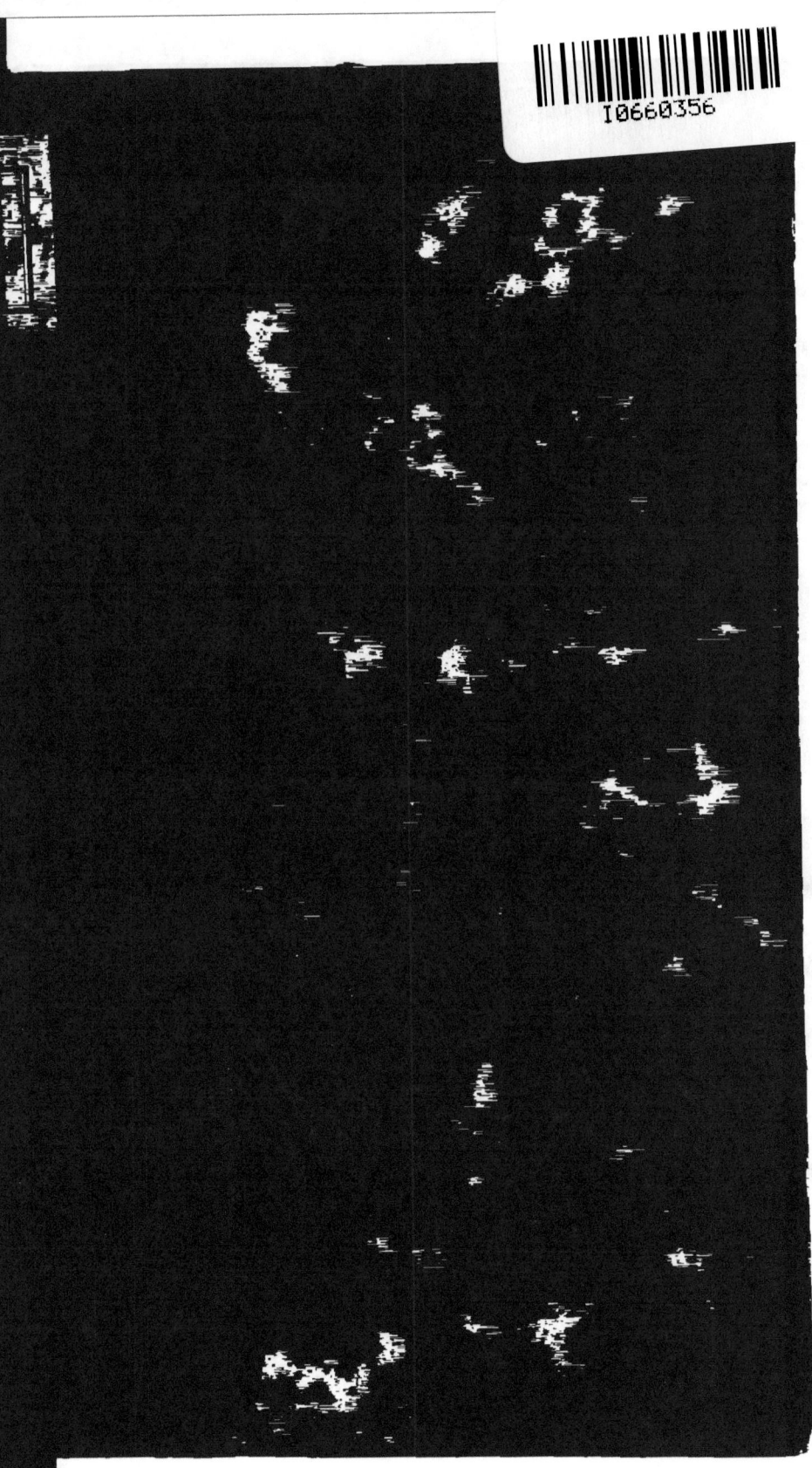

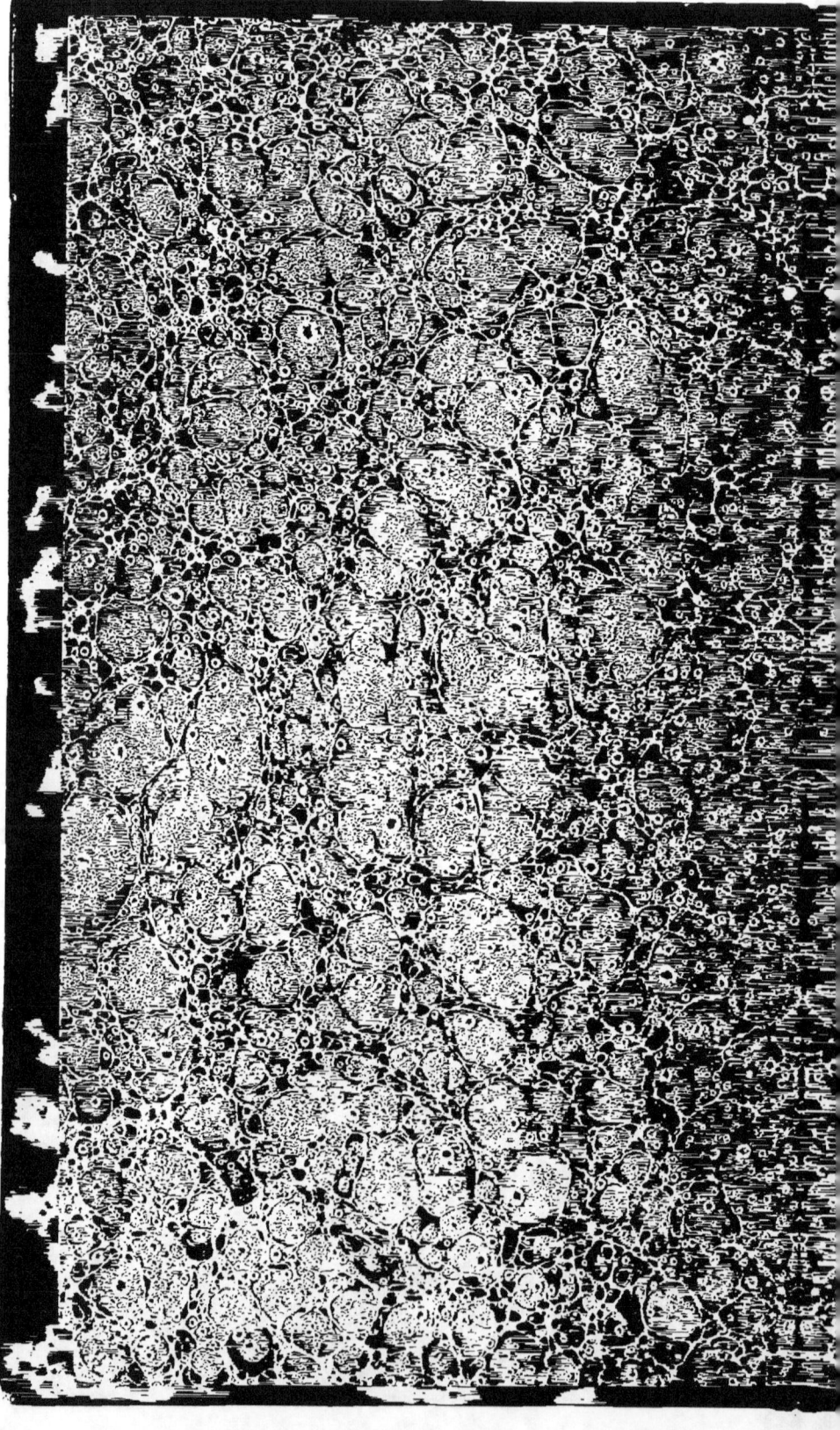

42893

BIBLIOTHÈQUE

D'UNE

MAISON DE CAMPAGNE.

TOME LXXVIII.

HUITIÈME LIVRAISON.

LES MILLE ET UNE NUITS.

LES

MILLE ET UNE NUITS,

CONTES ARABES.

IMPRIMERIE DE LEBÈGUE.

LES

MILLE ET UNE NUITS,

CONTES ARABES,

TRADUITS EN FRANÇAIS

Par M. GALLAND,

MEMBRE DE L'ACADÉMIE DES INSCRIPTIONS
ET BELLES-LETTRES, PROFESSEUR DE LANGUE
ARABE AU COLLÉGE ROYAL.

TOME HUITIÈME.

A PARIS,

CHEZ LEBÉGUE, IMPRIMEUR-LIBRAIRE,
RUE DES RATS, N° 14, PRÈS LA PLACE MAUBERT.

1822.

LES
MILLE ET UNE NUITS,

CONTES ARABES.

~~~~~~

SUITE DE L'HISTOIRE

DU DORMEUR ÉVEILLÉ.

Abou Hassan jetait les yeux de tous
côtés, et se trouvait comme enchanté de
se voir dans le même salon où il s'était
déjà trouvé; mais il attribuait tout cela à
un songe pareil à celui qu'il avait eu, et
dont il craignait les suites fâcheuses. « Dieu
me fasse miséricorde ! s'écria-t-il en élevant les mains et les yeux , comme un
homme qui ne sait où il en est , je me remets
entre ses mains. Après ce que je vois, je
ne puis douter que le diable, qui est entré
dans ma chambre, ne m'obsède et ne

trouble mon imagination de toutes ces visions. » Le calife, qui le voyait et qui venait d'entendre toutes ses exclamations, se mit à rire de si bon cœur, qu'il eut bien de la peine à s'empêcher d'éclater.

Abou Hassan cependant s'était couché, et il avait refermé les yeux. « Commandeur des croyans, lui dit aussitôt *Force-des-Cœurs*, puisque Votre Majesté ne se lève pas après l'avoir avertie qu'il est jour, selon notre devoir, et qu'il est nécessaire qu'elle vaque aux affaires de l'empire dont le gouvernement lui est confié, nous userons de la permission qu'elle nous à donnée en pareil cas. » En même temps elle le prit par un bras, et elle appela les autres dames qui lui aidèrent à le faire sortir du lit, et le portèrent, pour ainsi dire, jusqu'au milieu du salon, où elles le mirent sur son séant. Elles se prirent ensuite chacune par la main, et elles dansèrent et sautèrent autour de lui, au son de tous les instrumens et de tous les tambours de basque, que l'on faisait retentir sur sa tête et autour de ses oreilles.

Abou Hassan se trouva dans une perplexité d'esprit inexprimable. « Serais-je véritablement calife et Commandeur des croyans ? se disait-il à lui-même. « Enfin, dans l'incertitude où il était, il voulait dire quelque chose ; mais le grand bruit de tous les instrumens l'empêchaient de se faire entendre. Il fit signe à *Bouquet-de-Perles* et à *Etoile-du-Matin*, qui se tenaient par la main en dansant autour de lui, qu'il voulait parler. Aussitôt elles firent cesser la danse et les instrumens, et elles s'approchèrent de lui : « Ne mentez pas, leur dit-il fort ingénument, et dites-moi, dans la vérité, qui je suis. »

« Commandeur des croyans, répondit *Etoile-du-Matin,* Votre Majesté veut nous surprendre en nous faisant cette demande, comme si elle ne savait pas elle-même qu'elle est le Commandeur des croyans et le vicaire, en terre, du prophète de Dieu, maître de l'un et de l'autre monde, de ce monde où nous sommes et du monde à venir après la mort. Si cela n'était pas, il faudrait qu'un songe extraordinaire lui eût fait oublier ce qu'elle est. Il pourrait bien en être quelque chose, si l'on considère

que Votre Majesté a dormi cette nuit plus
long-temps qu'à l'ordinaire; néanmoins,
si Votre Majesté veut bien me le permettre, je la ferai ressouvenir de ce qu'elle
fit hier dans toute la journée. » Elle lui
raconta donc son entrée au conseil, le
châtiment de l'iman et des quatre vieil-
lards par le juge de police ; le présent
d'une bourse de pièces d'or envoyée par
son visir à la mère d'un nommé Abou
Hassan ; ce qu'il fit dans l'intérieur de son
palais, et ce qui se passa aux trois repas
qui lui furent servis dans les trois salons,
jusqu'au dernier. « C'est dans ce dernier
salon que Votre Majesté, continua-t-elle
en s'adressant à lui, après nous avoir fait
mettre à table à ses côtés, nous fit l'honneur d'entendre nos chansons, et de recevoir du vin de nos mains, jusqu'au moment où Votre Majesté s'endormit de la
manière que *Force-des-Cœurs* vient de
la raconter. Depuis ce temps, Votre Majesté, contre sa coutume, a toujours dormi d'un profond sommeil jusqu'à présent
qu'il est jour. *Bouquet-de-Perles*, toutes
les autres esclaves et tous les officiers qui

sont ici, certifieront la même chose. Ainsi, que Votre Majesté se mette donc en état de faire sa prière, car il en est temps. »

« Bon, bon reprit Abou Hassan, en branlant la tête; vous m'en feriez bien accroire, si je voulais vous écouter. Et moi, continua-t-il, je vous dis que vous êtes toutes des folles, et que vous avez perdu l'esprit. C'est cependant un grand dommage, car vous êtes de jolies personnes. Apprenez que, depuis que je ne vous ai vues, je suis allé chez moi; que j'y ai fort maltraité ma mère; qu'on m'a mené à l'hôpital des fous, où je suis resté malgré moi plus de trois semaines, pendant lesquelles le concierge n'a pas manqué de me régaler chaque jour de cinquante coups de nerf de bœuf. Et vous voudriez que tout cela ne fût qu'un songe! Vous vous moquez. »

« Commandeur des croyans, repartit *Etoile-du-Matin*, nous sommes prêtes, toutes, tant que nous sommes, de jurer, par tout ce que Votre Majesté a de plus cher, que tout ce qu'elle nous dit n'est qu'un songe. Elle n'est pas sortie de ce salon depuis hier, et elle n'a pas cessé de dormir toute la nuit jusqu'à présent. »

La confiance avec laquelle cette dame assurait à Abou Hassan que tout ce qu'elle lui disait était véritable, et qu'il n'était point sorti du salon depuis qu'il y était entré, le mit encore une fois dans un état à ne savoir que croire de ce qu'il était et de ce qu'il voyait. Il demeura un espace de temps abîmé dans ses pensées. « O ciel ! disait-il en lui-même, suis-je Abou Hassan ? Suis-je Commandeur des croyans ? Dieu tout puissant ! éclairez mon entendement, faites-moi connaître la vérité, afin que je sache à quoi m'en tenir. » Il découvrit ensuite ses épaules encore toutes livides des coups qu'il avait reçus ; et, en les montrant aux dames : « Voyez, leur dit-il, et jugez si de pareilles blessures peuvent venir en songe ou en dormant. A mon égard, je puis vous assurer qu'elles ont été très-réelles ; et la douleur que j'en ressens encore m'en est un sûr garant qui ne me permet pas d'en douter. Si cela néanmoins m'est arrivé en dormant, c'est la chose du monde la plus extraordinaire et la plus étonnante, et je vous avoue qu'elle me passe. »

Dans l'incertitude où était Abou Hassan de son état, il appela un des officiers du calife, qui était près de lui : « Approchez-vous, dit-il, et mordez-moi le bout de l'oreille, que je juge si je dors ou si je veille. » L'officier s'approcha, lui prit le bout de l'oreille entre les dents, et le serra si fort, qu'Abou Hassan fit un cri effroyable.

A ce cri, tous les instrumens de musique jouèrent en même-temps, et les dames et les officiers se mirent à danser, à chanter et à sauter autour d'Abou Hassan avec un si grand bruit, qu'il entra dans une espèce d'enthousiasme qui lui fit faire mille folies. Il se mit à chanter comme les autres. Il déchira le bel habit de calife dont on l'avait revêtu. Il jeta par terre le bonnet qu'il avait sur la tête; et, en chemise et en caleçon, il se leva brusquement, et se jeta entre deux dames, qu'il prit par la main, et se mit à danser et à sauter avec tant d'action, de mouvement et de contorsions bouffonnes et divertis-

santes, que le calife ne put plus se contenir dans l'endroit où il était. La plaisanterie subite d'Abou Hassan le fit rire
avec tant d'éclat, qu'il se laissa aller à la
renverse, et se fit entendre par dessus tout
le bruit des instrumens de musique et des
tambours de basque. Il fut si long-temps
sans pouvoir se retenir, que peu s'en fallut qu'il ne s'en trouvât incommodé. Enfin, il se releva, et il ouvrit la jalousie.
Alors, en avançant la tête et en riant toujours : « Abou Hassan ? Abou Hassan ?
s'écria-t-il, veux-tu donc me faire mourir
à force de rire? »

A la voix du calife, tout le monde se
tut, et le bruit cessa. Abou Hassan s'arrêta comme les autres, et tourna la tête
du côté qu'elle s'était fait entendre. Il reconnut le calife, et en même temps le
marchand de Moussoul. Il ne se décon-
certa pas pour cela ; au contraire, il comprit dans ce moment qu'il était bien
éveillé, et que tout ce qui lui était arrivé
était très-réel, et non pas un songe. Il
entra dans la plaisanterie et dans l'intention du calife : « Ha ! ha ! s'écria-t-il en le

regardant avec assurance, vous voilà donc,
marchand de Moussoul! Quoi! vous vous
plaignez que je vous fais mourir, vous qui
êtes cause des mauvais traitemens que j'ai
faits à ma mère, et de ceux que j'ai reçus
pendant un si long temps à l'hôpital des
fous ; vous qui avez si fort maltraité l'iman
de la mosquée de mon quartier, et les
quatre scheiks mes voisins, car ce n'est
pas moi, je m'en lave les mains ; vous qui
m'avez causé tant de peines d'esprit et
tant de traverses! Enfin, n'est-ce pas vous
qui êtes l'agresseur, et ne suis-je pas l'offensé? »

« Tu as raison, Abou Hassan, répondit le calife en continuant de rire ; mais
pour te consoler et pour te dédommager
de toutes tes peines, je suis prêt, et j'en
prends Dieu à témoin, à te faire, à ton
choix, telle réparation que tu voudras
m'imposer. »

En achevant ces paroles, le calife descendit du cabinet, entra dans le salon. Il
se fit apporter un de ses plus beaux habits,
et commanda aux dames de faire la fonc-
tion des officiers de la chambre, et d'en

revêtir Abou Hassan. Quand elles l'eurent habillé : « Tu es mon frère, lui dit le calife en l'embrassant; demande-moi tout ce qui te peut faire plaisir, je te l'accorderai. »

« Commandeur des croyans, reprit Abou Hassan, je supplie Votre Majesté de me faire la grâce de m'apprendre ce qu'elle a fait pour me démonter ainsi le cerveau, et quel a été son dessein : cela m'importe présentement plus que toute autre chose, pour remettre entièrement mon esprit dans son assiette ordinaire. »

Le calife voulut bien donner cette satisfaction à Abou Hassan. « Tu dois savoir premièrement, lui dit-il, que je me déguise assez souvent, et particulièrement la nuit, pour connaître par moi-même si tout est dans l'ordre dans la ville de Bagdad; et comme je suis bien aise de savoir aussi ce qui se passe aux environs, je me suis fixé un jour, qui est le premier de chaque mois, pour faire un grand tour au-dehors, tantôt d'un côté, tantôt de l'autre, et je reviens toujours par le pont. Je revenais de faire ce tour, le soir que

tu m'invitas à souper chez toi. Dans notre
entretien, tu me marquas que la seule
chose que tu désirais, c'était d'être calife
et Commandeur des croyans l'espace de
vingt-quatre heures seulement, pour
mettre à la raison l'imaï de la mosquée
de ton quartier, et les quatre scheiks
ses conseillers. Ton désir me parut très-
propre pour m'en donner un sujet de divertissement; et dans cette vue, j'imaginai
sur-le-champ le moyen de te procurer la
satisfaction que tu désirais. J'avais sur
moi de la poudre qui fait dormir du moment qu'on la prise, à ne pouvoir se ré-
veiller qu'au bout d'un certain temps.
Sans que tu t'en aperçusses, j'en jetai une
dose dans la dernière tasse que je te pré-
sentai, et tu bus. Le sommeil te prit dans
le moment, et je te fis enlever et emporter à mon palais par mon esclave, après
avoir laissé la porte de ta chambre ouverte en sortant. Il n'est pas nécessaire de
te dire ce qui t'arriva dans mon palais à
ton réveil et pendant la journée jusqu'au
soir, où, après avoir été bien régalé par
mon ordre, une de mes esclaves qui te

servait, jeta une autre dose de la même poudre dans le dernier verre qu'elle te présenta, et que tu bus. Le grand assoupissement te prit aussitôt, et je te fis reporter chez toi par le même esclave qui t'avait apporté, avec ordre de laisser encore la porte de ta chambre ouverte en sortant. Tu m'as raconté toi-même tout ce qui t'est arrivé le lendemain et les jours suivans. Je ne m'étais pas imaginé que tu dusses souffrir autant que tu as souffert en cette occasion ; mais, comme je m'y suis déjà engagé envers toi, je ferai toutes choses pour te consoler, et te donner lieu d'oublier tous tes maux. Vois donc ce que je puis faire pour te faire plaisir, et demande-moi hardiment ce que tu souhaites. »

« Commandeur des croyans, reprit Abou Hassan, quels que grands que soient les maux que j'ai soufferts, ils sont effacés de ma mémoire du moment que j'apprends qu'ils me sont venus de la part de mon souverain Seigneur et maître. A l'égard de la générosité dont Votre Majesté s'offre de me faire sentir les effets avec tant de bonté, je ne doute nullement de sa parole irrévocable ; mais comme l'intérêt n'a jamais eu d'empire sur moi : puisqu'elle me donne cette liberté, la grâce que j'ose lui demander, c'est de me donner assez d'accès près de sa personne, pour avoir le bonheur d'être toute ma vie l'admirateur de Sa Grandeur.

Ce dernier témoignage de désintéressement d'Abou Hassan acheva de lui mériter toute l'estime du calife. « Je te sais bon gré de ta demande, lui dit le calife ; je te l'accorde, avec l'entrée libre dans mon palais à toute heure, en quelqu'endroit que je me trouve. » En même temps il lui assigna un logement dans le palais. A l'égard de ses appointemens, il lui dit qu'il ne voulait pas qu'il eût à faire à ses trésoriers, mais à sa personne même ; et sur-le-champ il lui fit donner par son trésorier particulier une bourse de mille pièces d'or. Abou Hassan fit de profonds remercîmens au calife, qui le quitta pour aller tenir conseil, selon sa coutume.

Abou Hassan prit ce temps-là pour aller au plus tôt informer sa mère de tout

8. 2

ce qui se passait, et lui apprendre sa
bonne fortune.

Il lui fit connaître que tout ce qui lui
était arrivé n'était point un songe; qu'il
avait été calife, et qu'il en avait réelle-
ment fait les fonctions pendant un jour
entier, et reçu véritablement les honneurs; qu'elle ne devait pas douter de ce
qu'il lui disait, puisqu'il en avait eu la
confirmation de la propre bouche du calife même.

La nouvelle de l'histoire d'Abou Hassan ne tarda guère à se répandre dans
toute la ville de Bagdad; elle passa même
dans les provinces voisines, et de-là dans
les plus éloignées, avec les circonstances
toutes singulières et divertissantes dont
elle avait été accompagnée.

La nouvelle faveur d'Abou Hassan le
rendait extrêmement assidu auprès du
calife. Comme il était naturellement de
bonne humeur, et qu'il faisait naître la
joie partout où il se trouvait, par ses
bons mots et par ses plaisanteries, le calife ne pouvait guère se passer de lui, et
il ne faisait aucune partie de divertisse-

ment sans l'y appeler ; il le menait même
quelquefois chez Zobéide, son épouse, à
qui il avait raconté son histoire, qui l'a-
vait extrêmement divertie. Zobéide le
goûtait assez ; mais elle remarqua que
toutes les fois qu'il accompagnait le calife
chez elle, il avait toujours les yeux sur
une de ses esclaves appelée Nouzhatoul-
Aouadat * ; c'est pourquoi elle résolut
d'en avertir le calife. « Commandeur des
croyans, dit un jour la princesse au calife,
vous ne remarquez peut-être pas comme
moi que toutes les fois qu'Abou Hassan
vous accompagne ici, il ne cesse d'avoir
les yeux sur Nouzhatoul-Aouadat, et qu'il
ne manque jamais de la faire rougir. Vous
ne doutez point que ce ne soit une marque certaine qu'elle ne le hait pas : c'est
pourquoi, si vous m'en croyez, nous ferons un mariage de l'un et de l'autre. »

« Madame, reprit le calife, vous me
faites souvenir d'une chose que je devrais

---

* C'est-à-dire *Divertissement qui rappelle ou
qui fait revenir.*

avoir déjà faite. Je sais le goût d'Abou
Hassan sur le mariage, par lui-même, et
je lui avais toujours promis de lui donner
une femme dont il aurait tout sujet d'être
content. Je suis bien aise que vous m'en
ayez parlé, et je ne sais comment la chose
m'était échappée de la mémoire. Mais il
vaut mieux qu'Abou Hassan ait suivi son
inclination, par le choix qu'il a fait lui-
même. D'ailleurs, puisque Nouzhatoul-
Aouadat ne s'en éloigne pas, nous ne
devons point hésiter sur ce mariage. Les
voilà l'un et l'autre, ils n'ont qu'à déclarer s'ils y consentent. »

Abou Hassan se jeta aux pieds du
calife et de Zobéide, pour leur marquer combien il était sensible aux bontés
qu'ils avaient pour lui. « Je ne puis,
dit-il en se relevant, recevoir une épouse
de meilleures mains; mais je n'ose espérer
que Nouzhatoul-Aouadat veuille me donner la sienne d'aussi bon cœur que je suis
prêt à lui donner la mienne. » En achevant ces paroles, il regarda l'esclave de
la princesse, qui témoigna assez de son
côté, par son silence respectueux et par

la rougeur qui lui montait au visage ;
qu'elle était toujours disposée à suivre
la volonté du calife et de Zobéide sa
maîtresse.

Le mariage se fit, et les noces furent
célébrées dans le palais avec de grandes
réjouissances , qui durèrent plusieurs
jours. Zobéide se fit un point d'honneur
de faire de riches présens à son esclave,
pour faire plaisir au calife ; et le calife ,
de son côté, en considération de Zobéide,
en usa de même envers Abou Hassan.

La mariée fut conduite au logement
que le calife avait assigné à Abou Hassan son mari , qui l'attendait avec impatience. Il la reçut au bruit de tous
les instrumens de musique , et des chœurs
de musiciens et de musiciennes du palais, qui faisaient retentir l'air du concert de leurs voix et de leurs instrumens.

Plusieurs jours se passèrent en fêtes
et en réjouissanses accoutumées dans ces
sortes d'occasions , après lesquels on
laissa les nouveaux mariés jouir paisi-
blement de leurs amours. Abou Hassan
et sa nouvelle épouse étaient charmés

l'un de l'autre. Ils vivaient dans une
union si parfaite, que hors le temps
qu'ils employaient à faire leur cour, l'un
au calife, et l'autre à la princesse Zobéide, ils étaient toujours ensemble, et
ne se quittaient point. Il est vrai que
Nouzhatoul - Aouadat avait toutes les
qualités d'une femme capable de donner de l'amour et de l'attachement à
Abou Hassan, puisqu'elle était selon les
souhaits sur lesquels il s'était expliqué
au calife, c'est-à-dire en état de lui tenir tête à table. Avec ces dispositions,
ils ne pouvaient manquer de passer ensemble leur temps très - agréablement.
Aussi leur table était-elle toujours mise,
et couverte, à chaque repas, des mets
les plus délicats et les plus friands, qu'un
traiteur avait soin de leur apprêter et
de leur fournir. Le buffet était toujours
chargé de vin le plus exquis, et disposé
de manière qu'il était à la portée de l'un
et de l'autre lorsqu'ils étaient à table.
Là, ils jouissaient d'un agréable tête à
tête, et s'entretenaient de mille plaisanteries qui leur faisaient faire des éclats

de rire plus ou moins grands, selon qu'ils
avaient mieux ou moins bien rencontré à
dire quelque chose capable de les ré-
jouir. Le repas du soir était particulièrement consacré à la joie. Il ne s'y faisaient servir que des fruits excellens, des
gâteaux et des pâtes d'amandes ; et à
chaque coup de vin qu'ils buvaient, ils
s'excitaient l'un et l'autre par quelques
chansons nouvelles, qui fort souvent
étaient des impromptus faits à propos
sur le sujet dont ils s'entretenaient. Ces
chansons étaient aussi quelquefois accompagnées d'un luth, ou de quelqu'autre
instrument dont ils savaient toucher l'un
et l'autre.

Abou Hassan et Nouzhatoul-Aouadat
passèrent ainsi un assez long espace de
temps à faire bonne chère et à se bien
divertir. Ils ne s'étaient jamais mis en
peine de leur dépense de bouche ; et le
traiteur qu'ils avaient choisi pour cela
avait fait toutes les avances. Il était juste
qu'il reçût quelque argent ; c'est pourquoi il leur présenta le mémoire de ce
qu'il avait avancé. La somme se trouva

très-forte. On y ajouta celle à quoi pouvait monter la dépense déjà faite en habits de noces des plus riches étoffes pour
l'un et pour l'autre, et en joyaux de très-
grand prix pour la mariée ; et la somme
se trouva si excessive, qu'ils s'aperçurent, mais trop tard, que de tout l'argent qu'ils avaient reçu des bienfaits du
calife et de la princesse Zobéide, en
considération de leur mariage, il ne
leur restait précisément que ce qu'il fallait pour y satisfaire. Cela leur fit faire
de grandes réflexions sur le passé, qui
ne remédiaient point au mal présent.
Abou Hassan fut d'avis de payer le traiteur, et sa femme y consentit. Ils le
firent venir, et lui payèrent tout ce qu'ils
lui devaient, sans rien témoigner de
l'embarras où ils allaient se trouver sitôt
qu'ils auraient fait ce payement.

Le traiteur se retira fort content d'a-
voir été payé en belles pièces d'or à
fleurs de coin : on n'en voyait pas d'autres dans le palais du calife. Abou Hassan et Nouzhatoul-Aouadat ne le furent
guère d'avoir vu le fond de leur bourse.

Ils demeurèrent dans un grand silence, les yeux baissés, et fort embarrassés de l'état où ils se voyaient réduits dès la première année de leur mariage.

Abou Hassan se souvenait bien que le calife, en le recevant dans son palais, lui avait promis de ne le laisser manquer de rien. Mais quand il considérait qu'il avait prodigué en si peu de temps les largesses de sa main libérale, outre qu'il n'était pas d'humeur à demander, il ne voulait pas aussi s'exposer à la honte de déclarer au calife le mauvais usage qu'il en avait fait, et le besoin où il était d'en recevoir de nouvelles. D'ailleurs, il avait abandonné son bien de patrimoine à sa mère, sitôt que le calife l'avait retenu près de sa personne, et il était fort éloigné de recourir à la bourse de sa mère, à qui il aurait fait connaître, par ce procédé, qu'il était retombé dans le même désordre qu'après la mort de son père.

De son côté, Nouzhatoul-Aouadat, qui regardait les libéralités de Zobéide, et la liberté qu'elle lui avait accordée en la mariant, comme une récompense plus que suffisante de ses services et de son attachement, ne croyait pas être en droit de lui rien demander davantage.

Abou Hassan rompit enfin le silence; et en regardant Nouzhatoul - Aouadat avec un visage ouvert : « Je vois bien, lui dit-il, que vous êtes dans le même embarras que moi, et que vous cherchez quel parti nous devons prendre dans une aussi fâcheuse conjoncture que celle-ci, où l'argent vient de nous manquer tout à coup, sans que nous l'ayons prévu. Je ne sais quel peut être votre sentiment; pour moi, quoi qu'il puisse arriver, mon avis n'est pas de retrancher notre dépense ordinaire de la moindre chose, et je crois que de votre côté vous ne m'en dédirez pas. Le point est de trouver le moyen d'y fournir, sans avoir la bassesse d'en demander, ni moi au calife, ni vous à Zobéide ; et je crois l'avoir trouvé. Mais pour cela, il faut que nous nous aidions l'un l'autre.

Ce discours d'Abou Hassan plut beaucoup à Nouzhatoul-Aouadat, et lui donna quelque espérance. « Je n'étais pas moins occupée que vous de cette pensée, lui dit-elle, et si je ne m'en expliquais pas, c'est que je n'y voyais aucun remède. Je vous avoue que l'ouverture que vous venez de me faire me fait le plus grand plaisir du monde. Mais puisque vous avez trouvé le moyen que vous dites, et que mon secours vous est nécessaire pour y réussir, vous n'avez qu'à me dire ce qu'il faut que je fasse, et vous verrez que je m'y emploierai de mon mieux. »

« Je m'attendais bien, reprit Abou Hassan, que vous ne me manqueriez pas dans cette affaire, qui vous touche autant que moi. Voici donc le moyen que j'ai imaginé pour faire en sorte que l'argent ne nous manque pas dans le besoin que nous en avons, au moins pour quelque temps. Il consiste dans une petite tromperie que nous ferons, moi au calife, et vous à Zobéide, et qui, j'en suis sûr, les divertira, et ne nous sera pas infructueuse. Je vais vous dire qu'elle est la tromperie que j'entends : c'est que nous mourions tous deux. »

« Que nous mourions tous deux ! interrompit Nouzhatoul-Aouadat. Mourez, si vous voulez, tout seul ; pour moi, je ne suis pas lasse de vivre, et je ne prétends pas, ne vous en déplaise, mourir encore si tôt. Si vous n'avez pas d'autre moyen à me proposer que celui-là, vous pouvez l'exécuter vous-même ; car je vous assure que je ne m'en mêlerai point. »

« Vous êtes femme, repartit Abou Hassan, je veux dire d'une vivacité et d'une promptitude surprenantes ; à peine me donnez-vous le temps de m'expliquer. Écoutez-moi donc un moment avec patience, et vous verrez, après cela, que vous voudrez bien mourir de la même mort dont je prétends mourir moi-même. Vous jugez bien que je n'entends pas parler d'une mort véritable, mais d'une mort feinte. »

« Ah ! bon pour cela, interrompit encore Nouzhatoul-Aouadat ; dès qu'il ne s'agira que d'une mort feinte, je suis à vous. Vous pouvez compter sur moi ; vous serez témoin du zèle avec lequel je vous seconderai à mourir de cette manière ; car, pour vous le dire franchement, j'ai une répugnance invincible à vouloir mourir si tôt de la manière que je l'entendais tantôt. »

« Hé bien, vous serez satisfaite, continua Abou Hassan : voici comment je l'entends, pour réussir en ce que je me propose. Je vais faire le mort; aussitôt vous prendrez un linceul, et vous m'ensevelirez comme si je l'étais effectivement. Vous me mettrez au milieu de la chambre, à la manière accoutumée, avec le turban posé sur le visage, et les pieds tournés du côté de la Mecque, tout prêt à être porté au lieu de la sépulture. Quand tout sera ainsi disposé, vous ferez les cris et verserez les larmes ordinaires en de pareilles occasions, en déchirant vos habits, et vous arrachant les cheveux, ou du moins en feignant de vous les arracher, et vous irez, tout en pleurs, et les cheveux épars, vous présenter à Zobéide. La princesse voudra savoir le sujet de vos larmes, et dès que vous l'en aurez informée par vos paroles entrecoupées de sanglots, elle ne manquera pas de vous plaindre, et de vous faire présent de quelque somme d'argent

pour aider à faire les frais de mes funérailles, et d'une pièce de brocart pour me
servir de drap mortuaire, afin de rendre
mon enterrement plus magnifique, et pour
vous faire un habit à la place de celui
qu'elle verra déchiré. Aussitôt que vous
serez de retour avec cet argent et cette
pièce de brocart, je me leverai du milieu
de la chambre, et vous vous mettrez à ma
place. Vous ferez la morte; et après vous
avoir ensevelie, j'irai, de mon côté, faire
auprès du calife le même personnage que
vous aurez fait chez Zobéide, et j'ose me
promettre que le calife ne sera pas moins
libéral à mon égard, que Zobéide l'aura
été envers vous. »

Quand Abou Hassan eut achevé d'expliquer sa pensée sur ce qu'il avait projeté:
« Je crois que la tromperie sera fort di-
vertissante, reprit aussitôt Nouzhatoul-
Aouadat, et je serai fort trompée si le
calife et Zobéide ne nous en savent bon
gré. Il s'agit présentement de la bien conduire : à mon égard, vous pouvez me laisser
faire; je m'acquitterai de mon rôle, pour
le moins aussi bien que je m'attends que

vous vous acquitterez du vôtre, et avec d'autant plus de zèle et d'attention, que j'aperçois comme vous le grand avantage que nous en devons remporter. Ne perdons point de temps. Pendant que je prendrai un linceul, mettez-vous en chemise et en caleçon ; je sais ensevelir aussi bien que qui que ce soit ; car lorsque j'étais au service de Zobéide, et que quelque esclave de mes compagnes venait à mourir, j'avais toujours la commission de l'ensevelir. »

Abou Hassan ne tarda guère à faire ce que Nouzhatoul-Aouadat lui avait dit. Il s'étendit sur le dos tout de son long sur le linceul qui avait été mis sur le tapis de pied au milieu de la chambre, croisa ses bras, et se laissa envelopper de manière qu'il semblait qu'il n'y avait qu'à le mettre dans une bière, et l'emporter pour être enterré. Sa femme lui tourna les pieds du côté de la Mecque, lui couvrit le visage d'une mousseline des plus fines, et mit son turban par-dessus, de manière qu'il avait la respiration libre. Elle se décoiffa ensuite, et, les larmes aux yeux, les cheveux pen-

dans et épars, en faisant semblant de se
les arracher avec de grands cris, elle se
frappait les joues, et se donnait de grands
coups sur la poitrine, avec toutes les autres marques d'une vive douleur. En cet
équipage elle sortit, et traversa une cour
fort spacieuse, pour se rendre à l'appartement de la princesse Zobéide.

Nouzhatoul-Aouadat faisait des cris si
perçans, que Zobéide les entendit de son
appartement. Elle commanda à ses femmes
esclaves qui étaient alors auprès d'elle, de
voir d'où pouvaient venir ces plaintes et
ces cris qu'elle entendait. Elles coururent
vite aux jalousies, et revinrent avertir Zobéide que c'était Nouzhatoul-Aouadat qui
s'avançait tout éplorée. Aussitôt la princesse, impatiente de savoir ce qui pouvait
lui être arrivé, se leva, et alla au-devant
d'elle jusqu'à la porte de son antichambre.

Nouzhatoul-Aouadat joua ici son rôle en
perfection. Dès qu'elle eut aperçu Zobéide
qui tenait elle-même la portière de son
antichambre entr'ouverte, et qui l'attendait, elle redoubla ses cris en s'avançant,
s'arracha les cheveux à pleines mains, se

frappa les joues et la poitrine plus fortement, et se jeta à ses pieds, en les bai-
gnant de ses larmes.

Zobéide, étonnée de voir son esclave
dans une affliction si extraordinaire, lui
demanda ce qu'elle avait, et quelle disgrâce lui était arrivée.

Au lieu de répondre, la fausse affligée
continua ses sanglots quelque temps, en
feignant de se faire violence pour les retenir. « Hélas! ma très-honorée dame et
maîtresse, s'écria-t-elle enfin avec des paroles entrecoupées de sanglots, quel malheur plus grand et plus funeste pouvait-
il m'arriver, que celui qui m'oblige de
venir me jeter aux pieds de Votre Majesté,
dans la disgrâce extrême où je suis ré-
duite! Que Dieu prolonge vos jours dans
une santé parfaite, ma très-respectable
Princesse, et vous donne de longues et
heureuses années! Abou Hassan, le pauvre Abou Hassan, que vous avez honoré
de vos bontés, que vous et le Commandeur des croyans m'aviez donné pour
époux, ne vit plus! »

En achevant ces dernières paroles,

Nouzhatoul-Aouadat redoubla ses larmes et ses sanglots, et se jeta encore aux
pieds de la princesse. Zobéide fut extrêmement surprise de cette nouvelle. « Abou
Hassan est mort ! s'écria-t-elle ; cet homme
si plein de santé, si agréable et si divertissant ! En vérité, je ne m'attendais pas
à apprendre si tôt la mort d'un homme
comme celui-là, qui promettait une plus
longue vie, et qui la méritait si bien. »
Elle ne put s'empêcher d'en marquer sa
douleur par ses larmes. Ses femmes esclaves qui l'accompagnaient, et qui avaient
eu plusieurs fois leur part des plaisanteries d'Abou Hassan, quand il était admis
aux entretiens familiers de Zobéide et
du calife, témoignèrent aussi par leurs
pleurs leurs regrets de sa perte, et la
part qu'elles y prenaient.

Zobéide, ses femmes esclaves et Nouzhatoul-Aouadat, demeurèrent un temps
considérable le mouchoir devant les yeux,
à pleurer et à jeter des soupirs de cette
prétendue mort. Enfin la princesse Zobéide rompit le silence : « Méchante ; s'é-
cria-t-elle, en s'adressant à la fausse

veuve, c'est peut-être toi qui es cause de
sa mort! Tu lui auras donné tant de sujets de chagrin par ton humeur fâcheuse,
qu'enfin tu seras venue à bout de le mettre
au tombeau. »

Nouzhatoul-Aouadat témoigna recevoir une grande mortification du reproche
que Zobéide lui faisait : « Ah! Madame,
s'écria-t-elle, je ne crois pas avoir jamais
donné à Votre Majesté, pendant tout le
temps que j'ai eu le bonheur d'être son
esclave, le moindre sujet d'avoir une opinion si désavantageuse de ma conduite
envers un époux qui m'a été si cher! Je
m'estimerais la plus malheureuse de toutes les femmes, si vous en étiez persuadée. J'ai chéri Abou Hassan, comme une
femme doit chérir un mari qu'elle aime
passionnément; et je puis dire, sans vanité, que j'ai eu toute la tendresse qu'il
méritait que j'eusse pour lui, par toutes
les complaisances raisonnables qu'il avait
pour moi, et qui m'étaient un témoignage
qu'il ne m'aimait pas moins tendrement.
Je suis persuadée qu'il me justifierait
pleinement là-dessus dans l'esprit de

Votre Majesté, s'il était encore au monde.
Mais, Madame, ajouta-t-elle en renouvelant ses larmes, son heure était venue,
et c'est la cause unique de sa mort. »

Zobéide, en effet, avait toujours remarqué dans son esclave une même éga-
lité d'humeur, une douceur qui ne se dé-
mentait jamais, une grande docilité, et
un zèle en tout ce qu'elle faisait pour son
service, qui marquait qu'elle agissait plutôt par inclination que par devoir. Ainsi
elle n'hésita point à l'en croire sur sa parole, et elle commanda à sa trésorière
d'aller prendre dans son trésor une bourse
de cent pièces de monnaie d'or, et une
pièce de brocart.

La trésorière revint bientôt avec la
bourse et la pièce de brocart, qu'elle
mit, par ordre de Zobéide, entre les mains
de Nouzhatoul-Aouadat.

En recevant ce beau présent, elle se
jeta aux pieds de la princesse, et lui en
fit ses très-humbles remercîmens, avec
une grande satisfaction dans l'ame d'a-
voir bien réussi. « Va, lui dit Zobéide,
fais servir la pièce de brocart de drap

mortuaire sur la bière de ton mari, et emploie l'argent à lui faire des funérailles honorables et dignes de lui. Après cela, modère les transports de ton affliction ; j'aurai soin de toi. »

Nouzhatoul-Aouadat ne fut pas plutôt hors de la présence de Zobéide, qu'elle essuya ses larmes avec une grande joie, et retourna au plus tôt rendre compte à Abou Hassan du succès de son rôle.

En rentrant, Nouzhatoul-Aouadat fit un grand éclat de rire, en retrouvant Abou Hassan au même état qu'elle l'avait laissé, c'est-à-dire, enseveli au milieu de la chambre. « Levez-vous, lui dit-elle toujours en riant, et venez voir le fruit de la tromperie que j'ai faite à Zobéide. Nous ne mourrons pas encore de faim aujourd'hui. »

Abou Hassan se leva promptement, et se réjouit fort avec sa femme en voyant la bourse et la pièce de brocart.

Nouzhatoul-Aouadat était si aise d'avoir si bien réussi dans la tromperie qu'elle venait de faire à la princesse, qu'elle ne pouvait contenir sa joie. « Ce n'est pas assez, dit-elle à son mari en riant ; je veux faire la morte à mon tour, et voir si vous serez assez habile pour en tirer autant du calife que j'ai fait de Zobéide.

« Voilà justement le génie des femmes, reprit Abou Hassan : on a bien raison de dire qu'elles ont toujours la vanité de croire qu'elles sont plus que les hommes, quoique le plus souvent elles ne fassent rien de bien que par leur conseil. Il ferait beau voir que je n'en fisse pas au moins autant que vous auprès du calife, moi qui suis l'inventeur de la fourberie ! Mais ne perdons pas le temps en discours inutiles : faites la morte comme moi, et vous verrez si je n'aurai pas le même succès. »

Abou Hassan enseyelit sa femme, la mit au même endroit où il était, lui tourna les pieds du côté de la Mecque, et sortit de sa chambre tout en désordre, le turban mal accommodé, comme un homme qui est dans une grande affliction. En cet état, il alla chez le calife, qui tenait alors un conseil particulier avec le grand-visir

Giafar, et d'autres visirs en qui il avait
le plus de confiance. Il se présenta à la
porte; et l'huissier, qui savait qu'il avait
les entrées libres, lui ouvrit. Il entra le
mouchoir d'une main devant les yeux,
pour cacher les larmes feintes qu'il laissait
couler en abondance, en se frappant la
poitrine de l'autre à grands coups, avec
des exclamations qui exprimaient l'excès
d'une grande douleur.

Le calife, qui était accoutumé à voir
Abou Hassan avec un visage toujours gai,
et qui n'inspirait que de la joie, fut fort
surpris de le voir paraître devant lui en
un si triste état. Il interrompit l'attention
qu'il donnait à l'affaire dont on parlait
dans son conseil, pour lui demander la
cause de sa douleur.

« Commandeur des croyans, répondit
Abou Hassan avec des sanglots et des
soupirs réitérés, il ne pouvait m'arriver
un plus grand malheur que celui qui fait
le sujet de mon affliction. Que Dieu laisse
vivre Votre Majesté sur le trône qu'elle
remplit si glorieusement ! Nouzhatoul-
Aouadat, qu'elle m'avait donnée en ma-

riage par sa bonté, pour passer le reste
de mes jours avec elle.... Hélas!....»

A cette exclamation, Abou Hassan fit
semblant d'avoir le cœur si pressé, qu'il
n'en dit pas davantage, et fondit en larmes.

Le calife, qui comprit qu'Abou Hassan
venait lui annoncer la mort de sa femme,
en parut extrêmement touché. « Dieu lui
fasse miséricorde! dit-il d'un air qui marquait combien il la regrettait : c'était une
bonne esclave, et nous te l'avions donnée,
Zobéide et moi, dans l'intention de te
faire plaisir; elle méritait de vivre plus
long-temps. » Alors les larmes lui coulè-
rent des yeux, et il fut obligé de prendre
son mouchoir pour les essuyer.

La douleur d'Abou Hassan et les larmes
du calife attirèrent celles du grand-visir
Giafar et des autres visirs : ils pleurèrent
tous la mort de Nouzhatoul-Aouadat,
qui, de son côté, était dans une grande
impatience d'apprendre comment Abou
Hassan aurait réussi.

Le calife eut la même pensée du mari
que Zobéide avait eue de la femme, et il
s'imagina qu'il était peut-être la cause de

sa mort. « Malheureux, lui dit-il d'un ton d'indignation, n'est-ce pas toi qui a fait mourir ta femme par tes mauvais traitemens? Ah! je n'en fais aucun doute! Tu devais au moins avoir quelque considération pour la princesse Zobéide mon épouse, qui l'aimait plus que ses autres esclaves, et qui a bien voulu s'en priver pour te l'abandonner. Voilà une belle marque de ta reconnaissance! »

« Commandeur des croyans, répondit Abou Hassan en faisant semblant de pleurer plus amèrement qu'auparavant, Votre Majesté peut-elle avoir un seul moment la pensée qu'Abou Hassan, qu'elle a comblé de ses grâces et de ses bienfaits, et à qui elle a fait des honneurs auxquels il n'eût jamais osé aspirer, ait pu être capable d'une si grande ingratitude! J'aimais Nouzhatoul-Aouadat, mon épouse, autant par tous ces endroits-là, que par tant d'autres belles qualités qu'elle avait, et qui étaient cause que j'ai toujours eu pour elle tout l'attachement, toute la tendresse et tout l'amour qu'elle méritait. Mais, Seigneur, ajouta-t-il, elle devait mourir,

et Dieu n'a pas voulu me laisser jouir plus
long-temps d'un bonheur que je tenais
des bontés de Votre Majesté et de Zobéide, sa chère épouse. »

Enfin, Abou Hassan sut dissimuler si
parfaitement sa douleur par toutes les
marques d'une véritable affliction, que le
calife, qui d'ailleurs n'avait pas entendu
dire qu'il eût fait fort mauvais ménage
avec sa femme, ajouta foi à tout ce qu'il
lui dit, et ne douta plus de la sincérité de
ses paroles. Le trésorier du palais était présent, et le calife lui commanda d'aller au
trésor, et de donner à Abou Hassan une
bourse de cent pièces de monnaie d'or avec
une belle pièce de brocart. Abou Hassan les
jeta aussitôt aux pieds du calife pour lui
marquer sa reconnaissance, et le remercier
de son présent. « Suis le trésorier, lui dit
le calife : la pièce de brocart est pour servir de drap mortuaire à ta défunte, et
l'argent pour lui faire des obsèques dignes d'elle. Je m'attends bien que tu lui
donneras ce dernier témoignage de ton
amour. »

Abou Hassan ne répondit à ces paroles

obligeantes du calife, que par une pro-
fonde inclination, en se retirant. Il suivit
le trésorier, et aussitôt que la bourse et
la pièce de brocart lui eurent été mises
entre les mains, il retourna chez lui très-
content, et bien satisfait en lui-même
d'avoir trouvé si promptement et si facilement de quoi suppléer à la nécessité où
il s'était trouvé, et qui lui avait causé
tant d'inquiétude.

Nouzhatoul-Aouadat, fatiguée d'avoir
été si long-temps dans une si grande contrainte, n'attendit pas qu'Abou Hassan
lui dît de quitter la triste situation où elle
était. Aussitôt qu'elle entendit ouvrir la
porte, elle courut à lui : « Hé bien, lui
dit-elle, le calife a-t-il été aussi facile à
se laisser tromper que Zobéide ? »

« Vous voyez, répondit Abou Hassan
(en plaisantant et en lui montrant la
bourse et la pièce de brocart), que je ne
sais pas moins bien faire l'affligé pour la
mort d'une femme qui se porte bien, que
vous la pleureuse pour celle d'un mari
qui est plein de vie. »

Abou Hassan cependant se douta il bien

que cette double tromperie ne manquerait
pas d'avoir des suites : c'est pourquoi il
prévint sa femme, autant qu'il put, sur
tout ce qui pourrait en arriver, afin d'agir
de concert. Il ajouta : « Mieux nous réus-
sirons à jeter le calife et Zobéide dans
quelque sorte d'embarras, plus ils auront
de plaisir à la fin, et peut-être nous en
témoigneront-ils leur satisfaction par quelques nouvelles marques de leur libéralité. » Cette dernière considération fut
celle qui les encouragea plus qu'aucune
autre à porter la feinte aussi loin qu'il leur
serait possible.

Quoiqu'il y eût encore beaucoup d'affaires à régler dans le conseil qui se tenait,
le calife, néanmoins, dans l'impatience
d'aller chez la princesse Zobéide lui faire
son compliment de condoléance sur la
mort de son esclave, se leva peu de temps
après le départ d'Abou Hassan, et remit
le conseil à un autre jour. Le grand-visir
et les autres visirs prirent congé, et ils se
retirèrent.

Dès qu'ils furent partis, le calife dit à
Mesrour, chef des eunuques de son pa-

lais, qui était presque inséparable de sa personne, et qui d'ailleurs était de tous ses conseils : « Suis-moi, et viens prendre part comme moi à la douleur de la princesse sur la mort de Nouzhatoul-Aouadat, son esclave. »

Ils allèrent ensemble à l'appartement de Zobéide. Quand le calife fut à la porte, il entr'ouvrit la portière, et il aperçut la princesse assise sur un sofa, fort affligée, et les yeux encore tout baignés de larmes.

Le calife entra, et en avançant vers Zobéide : « Madame, lui dit-il, il n'est pas nécessaire de vous dire combien je prends part à votre affliction, puisque vous n'ignorez pas que je suis aussi sensible à ce qui vous fait de la peine, que je le suis à tout ce qui vous fait plaisir : mais nous sommes tous mortels, et nous devons rendre à Dieu la vie qu'il nous a donnée, quand il nous la demande. Nouzhatoul - Aouadat, votre esclave fidèle, avait véritablement des qualités qui lui ont fait mériter votre estime, et j'approuve fort que vous lui en donniez encore des marques après sa mort. Considérez cependant que vos regrets ne lui redonneront pas la vie : ainsi, Madame, si vous voulez m'en croire, et si vous m'aimez, vous vous consolerez de cette perte, et prendrez plus de soin d'une vie que vous savez m'être très-précieuse, et qui fait tout le bonheur de la mienne. »

Si la princesse fut charmée des tendres sentimens qui accompagnaient le compliment du calife, elle fut d'ailleurs très-étonnée d'apprendre la mort de Nouzha-toul-Aouadat, à quoi elle ne s'attendait pas. Cette nouvelle la jeta dans une telle surprise, qu'elle demeura quelque temps sans pouvoir répondre. Son étonnement redoublait d'entendre une nouvelle si opposée à celle qu'elle venait d'apprendre, et lui ôtait la parole. Elle se remit, et en la reprenant enfin : « Commandeur des croyans, dit-elle d'un air et d'un ton qui marquaient encore son étonnement, je suis très-sensible à tous les tendres senti-que vous marquez avoir pour moi; mais permettez-moi de vous dire que je ne comprends rien à la nouvelle que vous m'apprenez de la mort de mon esclave : elle est en parfaite santé. Dieu nous conserve vous et moi, Seigneur! Si vous me voyez affligée, c'est de la mort d'Abou Hassan son mari, votre favori, que j'estimais autant par la considération que vous aviez pour lui, que parce que vous avez eu la bonté de me le faire connaître, et qu'il m'a quelquefois divertie assez agréablement. Mais, Seigneur, l'insensibilité où je vous vois de sa mort, et l'oubli que vous en témoignez en si peu de temps, après les témoignages que vous m'avez donnés à moi-même du plaisir que vous aviez de l'avoir auprès de vous, m'étonnent et me surprennent. Et cette insensibilité paraît davantage, par le change que vous me voulez donner, en m'annonçant la mort de mon esclave pour la sienne. »

Le calife, qui croyait être parfaitement bien informé de la mort de l'esclave, et qui avait sujet de le croire, par ce qu'il avait vu et entendu, se mit à rire et à hausser les épaules, d'entendre ainsi parler Zobéide. « Mesrour, dit-il, en se tournant de son côté et lui adressant la parole, que dis-tu du discours de la princesse ?

N'est-il pas vrai que les dames ont quelquefois des absences d'esprit qu'on ne
peut que difficilement pardonner ? Car
enfin, tu as vu et entendu aussi bien que
moi. » Et en se retournant du côté de
Zobéide : « Madame, dit - il , ne versez
plus de larmes pour la mort d'Abou Hassan : il se porte bien. Pleurez plutôt la
mort de votre chère esclave : il n'y a
qu'un moment que son mari est venu dans
mon appartement, tout en pleurs et dans
une affliction qui m'a fait de la peine,
m'annoncer la mort de sa femme. Je lui ai
fait donner une bourse de cent pièces
d'or, avec une pièce de brocart, pour
aider à le consoler, et à faire les funérailles de la défunte. Mesrour, que voilà,
a été témoin de tout, et il vous dira la
même chose. »

Ce discours du calife ne parut pas à la
princesse un discours sérieux ; elle crut
qu'il lui en voulait faire accroire. «Commandeur des croyans, reprit-elle, quoique ce soit votre coutume de railler, je
vous dirai que ce n'est pas ici l'occasion
de le faire : ce que je vous dis est très-

sérieux. Il ne s'agit plus de la mort de
mon esclave, mais de la mort d'Abou
Hassan, son mari, dont je plains le sort,
que vous devriez plaindre avec moi. »

« Et moi, Madame, repartit le calife,
en prenant son plus grand sérieux, je
vous dis, sans raillerie, que vous vous
trompez; c'est Nouzhatoul-Aouadat qui
est morte, et Abou Hassan est vivant et
plein de santé. »

Zobéide fut piquée de la répartie sèche
du calife. « Commandeur des croyans,
répliqua-t-elle d'un ton vif, Dieu vous
préserve de demeurer plus long-temps en
cette erreur! vous me feriez croire que
votre esprit ne serait pas dans son assiette
ordinaire. Permettez-moi de vous répéter
encore que c'est Abou Hassan qui est
mort, et que Nouzhatoul-Aouadat, mon
esclave, veuve du défunt, est pleine de
vie. Il n'y a pas plus d'une heure qu'elle
est sortie d'ici. Elle y était venue toute
désolée, et dans un état qui seul aurait
été capable de me tirer les larmes, quand
même elle ne m'aurait point appris, au

milieu de mille sanglots, le juste sujet
de son affliction. Toutes mes femmes en
ont pleuré avec moi, et elles peuvent
vous en rendre un témoignage assuré.
Elles vous diront aussi que je lui ai fait
présent d'une bourse de cent pièces d'or
et d'une pièce de brocart ; et la douleur
que vous avez remarquée sur mon visage
en entrant, était autant causée par la mort
de son mari, que par la désolation où je
venais de la voir. J'allais même envoyer
vous faire mon compliment de condoléance dans le moment que vous êtes
entré. »

A ces paroles de Zobéide : « Voilà,
Madame, une obstination bien étrange!
s'écria le calife avec un grand éclat de
rire. Et moi, je vous dis, continua-t-il,
en reprenant son sérieux, que c'est Nouzhatoul - Aouadat qui est morte. » « Non,
vous dis-je, Seigneur, reprit Zobéide à
l'instant, et aussi sérieusement; c'est Abou
Hassan qui est mort : vous ne me ferez
pas accroire ce qui n'est pas. »

De colère, le feu monta au visage du
calife; il s'assit sur le sofa assez loin de

la princesse ; et, en s'adressant à Mesrour :
« Va voir tout-à-l'heure, lui dit-il, qui
est mort de l'un ou de l'autre, et viens
me dire incessamment ce qui en est. Quoique je sois très-certain que c'est Nouzhatoul-Aouadat qui est morte, j'aime mieux
néanmoins prendre cette voie, que de
m'opiniâtrer davantage sur une chose qui
m'est parfaitement connue. »

Le calife n'avait pas achevé, que Mesrour était parti. « Vous verrez, continua-t-il, en adressant la parole à Zobéide,
dans un moment, qui a raison de vous ou
de moi. ».

« Pour moi, reprit Zobéide, je sais
bien que la raison est de mon côté, et vous
verrez vous-même que c'est Abou Hassan
qui est mort, comme je l'ai dit. »

« Et moi, repartit le calife, je suis si
certain que c'est Nouzhatoul - Aouadat,
que je suis prêt à gager contre vous ce
que vous voudrez, qu'elle n'est plus au
monde, et qu'Abou Hassan se porte bien. »

« Ne pensez pas le prendre par-là, répliqua Zobéide ; j'accepte la gageure. Je
suis si persuadée de la mort d'Abou Has-

san , que je gage volontiers ce que je puis
avoir de plus cher, contre ce que vous
voudrez , de quelque peu de valeur qu'il
soit. Vous n'ignorez pas ce que j'ai en ma
disposition, ni ce que j'aime le plus selon
mon inclination ; vous n'avez qu'à choisir
et à proposer ; je m'y tiendrai, de quelque
conséquence que la chose soit pour moi. »

« Puisque cela est ainsi, dit alors le calife, je gage donc mon jardin des Délices
contre votre palais de Peintures : l'un
vaut bien l'autre. » « Il ne s'agit pas de
savoir, reprit Zobéide, si votre jardin
vaut mieux que mon palais ; nous n'en
sommes pas là-dessus. Il s'agit que vous
ayiez choisi ce qu'il vous a plu de ce qui
m'appartient pour équivalent de ce que
vous gagez de votre côté : je m'y tiens, et
la gageure est arrêtée. Je ne serai pas la
première à m'en dédire , j'en prends Dieu
à témoin. » Le calife fit le même serment,
et ils en demeurèrent là en attendant le
retour de Mesrour.

Pendant que le calife et Zobéide con-
testaient si vivement et avec tant de chaleur sur la mort d'Abou Hassan ou de

Nouzhatoul-Aouadat, Abou Hassan, qui avait prévu leur démêlé sur ce sujet, était fort attentif à tout ce qui pouvait en arriver. D'aussi loin qu'il aperçut Mesrour au travers de la jalousie contre laquelle il était assis en s'entretenant avec sa femme, et qu'il eut remarqué qu'il venait droit à leur logis, il comprit aussitôt à quel dessein il était envoyé. Il dit à sa femme de faire la morte encore une fois, comme ils en étaient convenus, et de ne pas perdre de temps.

En effet, le temps pressait, et c'est tout ce qu'Abou Hassan put faire, avant l'arrivée de Mesrour, que d'ensevelir sa femme, et d'étendre sur elle la pièce de brocart que le calife lui avait fait donner. Ensuite il ouvrit la porte de son logis, et, le visage triste et abattu, en tenant son mouchoir devant les yeux, il s'assit à la tête de la prétendue défunte.

A peine eut-il achevé, que Mesrour se trouva dans sa chambre. Le spectacle funèbre qu'il apperçut lui donna une joie secrète par rapport à l'ordre dont le calife l'avait chargé. Sitôt qu'Abou Hassan l'aperçut, il s'avança au-devant de lui, et en lui baisant la main par respect : « Seigneur, dit-il en soupirant et en gémissant, vous me voyez dans la plus grande affliction qui pouvait jamais m'arriver par la mort de Nouzhatoul-Aouadat, ma chère épouse, que vous honoriez de vos bontés. »

Mesrour fut attendri à ce discours, et il ne lui fut pas possible de refuser quelques larmes à la mémoire de la défunte. Il leva un peu le drap mortuaire du côté de la tête, pour lui voir le visage qui était à découvert ; et en le laissant aller après l'avoir seulement entrevue : « Il n'y a pas d'autre Dieu que Dieu ! dit-il avec un soupir profond ; nous devons nous soumettre tous à sa volonté, et toute créature doit retourner à lui. Nouzhatoul-Aouadat, ma bonne sœur, ajouta-t-il en soupirant, ton destin a été de bien peu de durée ! Dieu te fasse miséricorde ! » Il se retourna ensuite du côté d'Abou Hassan, qui fondait en larmes : « Ce n'est pas sans raison, lui dit-il, que l'on dit que les femmes sont quelquefois dans des absences d'esprit qu'on ne peut pardonner. Zobéide, toute ma bonne

maîtresse qu'elle est, est dans ce cas-là.
Elle a voulu soutenir au calife que c'était
vous qui étiez mort, et non votre femme;
et quelque chose que le calife lui ait pu
dire au contraire pour la persuader, en
lui assurant même la chose très-sérieusement, il n'a jamais pu y réussir. Il m'a
même pris à témoin pour lui rendre témoignage de cette vérité, et la lui confirmer, puisque, comme vous le savez, j'étais
présent quand vous êtes venu lui apprendre cette nouvelle affligeante; mais tout
cela n'a servi de rien. Ils en sont même
venus à des observations l'un contre l'autre, qui n'auraient pas fini, si le calife,
pour convaincre Zobéide, ne s'était avisé
de m'envoyer vers vous pour en savoir
encore la vérité. Mais je crains fort de ne
pas réussir; car quelque biais qu'on puisse
prendre aujourd'hui envers les femmes
pour leur faire entendre les choses, elles
sont d'une opiniâtreté insurmontable,
quand une fois elles sont prévenues d'un
sentiment contraire. »

« Que Dieu conserve le Commandeur
des croyans dans la possession et dans le

bon usage de son rare esprit! reprit Abou
Hassan, toujours les larmes aux yeux, et
avec des paroles entrecoupées de sanglots.
Vous voyez ce qui en est, et que je n'en
ai pas imposé à Sa Majesté. Et plût à Dieu,
s'écria-t-il pour mieux dissimuler, que je
n'eusse pas eu l'occasion de lui annoncer
une nouvelle si triste et si affligeante!
Hélas! ajouta-t-il, je ne puis assez exprimer la perte irréparable que je fais aujourd'hui! » « Cela est vrai, reprit Mesrour, et je puis vous assurer que je prends
beaucoup de part à votre affliction; mais
enfin il faut vous consoler, et ne point
vous abandonner ainsi à votre douleur. Je
vous quitte malgré moi, pour m'en retourner vers le calife; mais je vous demande en grâce, poursuivit-t-il, de ne pas
faire enlever le corps que je ne sois revenu;
car je veux assister à son enterrement, et
l'accompagner de mes prières. »

Mesrour était déjà sorti pour aller rendre compte de son message, quand Abou
Hassan, qui le conduisait jusqu'à la porte,
lui marqua qu'il ne méritait pas l'honneur
qu'il voulait lui faire. De crainte que Mes-

rour ne revînt sur ses pas pour lui dire
quelque autre chose, il le conduisit de
l'œil pendant quelque temps, et lorsqu'il
le vit assez éloigné, il rentra chez lui, et
en débarrassant Nouzhatoul-Aouadat de
tout ce qui l'enveloppait : « Voilà déjà,
lui disait-il, une nouvelle scène de jouée ;
mais je m'imagine bien que ce ne sera pas
la dernière ; et certainement la princesse
Zobéide ne s'en voudra pas tenir au rapport de Mesrour ; au contraire, elle s'en
moquera ; elle a de trop fortes raisons
pour y ajouter foi. Ainsi, nous devons
nous attendre à quelque nouvel événement. » Pendant ce discours d'Abou Hassan, Nouzhatoul-Aouadat eut le temps de
reprendre ses habits; ils allèrent tous deux
se remettre sur le sofa contre la jalousie,
pour tâcher de découvrir ce qui se passait.

Cependant Mesrour arriva chez Zobéide : il entra dans son cabinet en riant
et en frappant des mains, comme un
homme qui avait quelque chose d'agréable à annoncer.

Le calife était naturellement impatient;
il voulait être éclairci promptement de

cette affaire : d'ailleurs il était vivement piqué au jeu par le défi de la princesse; c'est pourquoi, dès qu'il vit Mesrour : « Méchant esclave, s'écria-t-il, il n'est pas temps de rire. Tu ne dis mot! Parle hardiment : qui est mort du mari ou de la femme ? »

« Commandeur des croyans, répondit aussitôt Mesrour en prenant un air sérieux, c'est Nouzhatoul-Aouadat qui est morte, et Abou-Hassan en est toujours aussi affligé qu'il l'a paru tantôt devant Votre Majesté. »

Sans donner le temps à Mesrour de poursuivre, le calife l'interrompit : « Bonne nouvelle ! s'écria-t-il avec un grand éclat de rire; il n'y a qu'un moment que Zobéide, ta maîtresse, avait à elle le palais des Peintures; il est présentement à moi. Nous en avions fait la gageure contre mon jardin des Délices depuis que tu es parti; ainsi tu ne pouvais me faire un plus grand plaisir; j'aurai soin de t'en récompenser. Mais laissons cela : dis-moi de point en point ce que tu as vu. »

« Commandeur des croyans, poursuivit

Mesrour, en arrivant chez Abou Hassan,
je suis entré dans sa chambre, qui était ouverte; je l'ai trouvé toujours très-affligé,
et pleurant la mort de Nouzhatoul-Aouadat sa femme. Il était assis près de la tête
de la défunte, qui était ensevelie au milieu
de la chambre, les pieds tournés du côté
de la Mecque, et couverte de la pièce de
brocart dont Votre Majesté a tantôt fait
présent à Abou Hassan. Après lui avoir
témoigné la part que je prenais à sa douleur, je me suis approché; et, en levant le
drap mortuaire du côté de la tête, j'ai reconnu Nouzhatoul-Aouadat qui avait déjà
le visage enflé et tout changé. J'ai exhorté
du mieux que j'ai pu Abou Hassan à se
consoler, et en me retirant, je lui ai marqué que je voulais me trouver à l'enterrement de sa femme, et que je le priais d'attendre à faire enlever le corps que je ne
fusse venu. Voilà tout ce que je puis dire
à Votre Majesté sur l'ordre qu'elle m'a
donné. »

Quand Mesrour eut achevé de faire
son rapport : « Je ne t'en demandais
pas davantage, lui dit le calife en riant

de tout son cœur ; et je suis très-content de ton exactitude. » Et en s'adressant à la princesse Zobéide : « Hé bien, Madame, lui dit le calife, avez-vous encore quelque chose à dire contre une vérité si constante ? Croyez-vous toujours que Nouzhatoul-Aouadat soit vivante, et qu'Abou Hassan soit mort ? et n'avouez-vous pas que vous avez perdu la gageure ? »

Zobéide ne demeura nullement d'accord que Mesrour eût rapporté la vérité, » Comment, Seigneur ! reprit-elle, vous imaginez-vous vous donc que je m'en rapporte à cet esclave ? C'est un impertinent qui ne sait ce qu'il dit. Je ne suis ni aveugle ni insensée ; j'ai vu de mes propres yeux Nouzhatoul-Aouadat dans sa plus grande affliction ; je lui ai parlé moi-même, et j'ai bien entendu ce qu'elle m'a dit de la mort de son mari. »

« Madame, reprit Mesrour, je vous jure, par votre vie et par la vie du Commandeur des croyans, choses au monde qui me sont les plus chères, que Nouzhatoul-Aouadat est morte, et qu'Abou Hassan est vivant. » « Tu mens, esclave vil et méprisable, lui répliqua Zobéide tout en colère; et je veux te confondre tout à l'heure. » Aussitôt elle appela ses femmes en frappant des mains; elles entrèrent à l'instant en grand nombre : « Venez çà, leur dit la princesse; dites-moi la vérité : Qui est la personne qui est venue me parler peu de temps avant que le Commandeur des croyans arrivât ici ? » Les femmes répondirent toutes que c'était la pauvre affligée Nouzhatoul-Aouadat. « Et vous, ajouta-t-elle en s'adressant à sa trésorière, que vous ai-je commandé de lui donner en se retirant ? » « Madame, répondit la trésorière, j'ai donné à Nouzhatoul-Aouadat, par l'ordre de Votre Majesté, une bourse de cent pièces de monnaie d'or, et une pièce de brocart qu'elle a emportée avec elle. » « Hé bien, malheureux, esclave indigne, dit alors Zobéide à Mesrour dans un grande indignation, que dis-tu à tout ce que tu viens d'entendre ? Qui penses-tu présentement que je doive croire, ou de toi ou de ma trésorière, et de mes autres femmes, et de moi-même ? »

Mesrour ne manquait pas de raisons à opposer au discours de la princesse; mais, comme il craignait de l'irriter encore davantage, il prit le parti de la retenue, et demeura dans le silence, bien convaincu pourtant, par toutes les preuves qu'il en avait, que Nouzhatoul-Aouadat était morte, et non pas Abou Hassan.

Pendant cette contestation entre Zobéide et Mesrour, le calife, qui avait vu les témoignages apportés de part et d'autre, dont chacun se faisait fort, et toujours persuadé du contraire de ce que disait la princesse, tant par ce qu'il avait vu lui-même en parlant à Abou Hassan, que par ce que Mesrour venait de lui rapporter, riait de tout son cœur de voir que Zobéide était si fort en colère contre Mesrour. « Madame, pour le dire encore une fois, dit-il à Zobéide; je ne sais pas qui est celui qui a dit que les femmes avaient quelquefois des

absences d'esprit; mais vous voulez bien
que je vous dise que vous faites voir qu'il
ne pouvait rien dire de plus véritable.
Mesrour vient tout fraîchement de chez
Abou Hassan ; il vous dit qu'il a vu
de ses propres yeux Nouzhatoul-Aouadat morte au milieu de la chambre ,
et Abou Hassan vivant, assis auprès de
la défunte ; et nonobstant son témoignage, qu'on ne peut pas raisonnable-
ment récuser , vous ne voulez pas le
croire ! C'est ce que je ne puis pas comprendre. »

Zobéide, sans vouloir entendre ce que
le calife lui représentait : « Commandeur des croyans, reprit elle , pardonnez-moi, si je vous tiens pour suspect;
je vois bien que vous êtes d'intelligence
avec Mesrour pour me chagriner, et pour
pousser ma patience à bout. Et comme
je m'aperçois que le rapport que Mesrour vous a fait est un rapport concerté
avec vous, je vous prie de me laisser
la liberté d'envoyer aussi quelque personne de ma part chez Abou Hassan,
pour savoir si je suis dans l'erreur. »

Le calife y consentit, et la princesse chargea sa nourrice de cette importante commission. C'était une femme fort âgée, qui était toujours restée près de Zobéide depuis son enfance, et qui était là présente parmi ses autres femmes. « Nourrice, lui dit-elle, écoute : va-t'en chez Abou Hassan, ou plutôt chez Nouzhatoul-Aouadat, puisqu'Abou Hassan est mort. Tu vois qu'elle est ma dispute avec le Commandeur des croyans et avec Mesrour ; il n'est pas besoin de te rien dire davantage : éclaircis-moi de tout ; et si tu me rapportes une bonne nouvelle, il y aura un beau présent pour toi. Va vite, et reviens incessamment. »

La nourrice partit avec une grande joie du calife, qui était ravi de voir Zobéide dans ces embarras ; mais Mesrour, extrêmement mortifié de voir la princesse dans une si grande colère contre lui, cherchait les moyens de l'appaiser, et de faire en sorte que le calife et Zobéide fussent également contens de lui. C'est pourquoi il fut ravi dès qu'il vit

que Zobéide prenait le parti d'envoyer
sa nourrice chez Abou Hassan, parce
qu'il était persuadé que le rapport qu'elle
lui ferait ne manquerait pas de se trouver
conforme au sien, et qu'il servirait à
le justifier et à le remettre dans ses
bonnes grâces.

Abou Hassan cependant, qui était
toujours en sentinelle à la jalousie,
aperçut la nourrice d'assez loin; il comprit d'abord que c'était un message de
la part de Zobéide. Il appela sa femme;
et, sans hésiter un moment sur le parti
qu'ils avaient à prendre : « Voilà, lui
dit-il, la nourrice de la princesse qui
vient pour s'informer de la vérité ; c'est
à moi à faire encore le mort à mon
tour. »

Tout était préparé. Nouzhatoul-Aouadat ensevelit Abou Hassan promptement;
jeta par-dessus lui la pièce de brocart
que Zobéide lui avait donnée, et lui mit
son turban sur le visage. La nourrice,
dans l'empressement où elle était de s'acquitter de sa commission, était venue
d'un assez bon pas. En entrant dans la

chambre, elle aperçut Nouzhatoul-Aouadat assise à la tête d'Abou Hassan, tout
échevelée et tout en pleurs, qui se
frappait les joues et la poitrine, en
jetant de grands cris.

Elle s'approcha de la fausse veuve :
« Ma chère Nouzhatoul-Aouadat, lui
dit-elle d'un air fort triste, je ne viens
pas ici troubler votre douleur, ni vous
empêcher de répandre des larmes pour
un mari qui vous aimait si tendrement. »
« Ah ! bonne mère, interrompit pitoya-
blement la fausse veuve, vous voyez
quelle est ma disgrâce, et de quel malheur je me trouve accablée aujourd'hui
par la perte de mon cher Abou Hassan,
que Zobéide, ma chère maîtresse et la
vôtre, et le Commandeur des croyans
m'avaient donné pour mari ! Abou Hassan ! mon cher époux ! s'écria-t-elle encore, que vous ai-je fait pour m'avoir
abandonnée si promptement ? N'ai-je pas
toujours suivi vos volontés plutôt que
les miennes ? Hélas ! que deviendra la
pauvre Nouzhatoul-Aouadat ? »

La nourrice était dans une surprise

extrême de voir le contraire de ce que le
chef des eunuques avait rapporté au calife: « Ce visage noir de Mesrour, s'écria-
t-elle avec exclamation en élevant les
mains, mériterait bien que Dieu le con-
fondît d'avoir excité une si grande dissen-
tion entre ma bonne maîtresse et le Commandeur des croyans, par un mensonge
aussi insigne que celui qu'il leur a fait !
Il faut, ma fille, dit-elle en s'adressant à
Nouzhatoul-Aouadat, que je vous dise la
méchanceté et l'imposture de ce vilain
Mesrour, qui a soutenu à notre bonne
maîtresse, avec une effronterie inconce-
vable, que vous étiez morte, et qu'Abou
Hassan était vivant. »

« Hélas ! ma bonne mère, s'écria alors
Nouzhatoul-Aouadat, plût à Dieu qu'il
eût dit vrai ! Je ne serais pas dans l'affliction où vous me voyez, et je ne pleure-
rais pas un époux qui m'était si cher ! »
En achevant ces dernières paroles, elle
fondit en larmes, et elle marqua une plus
grande désolation par le redoublement
de ses pleurs et de ses cris.

La nourrice, attendrie par les larmes

de Nouzhatoul-Aouadat, s'assit auprès
d'elle ; et en les accompagnant des siennes, elle s'approcha insensiblement de la
tête d'Abou Hassan, souleva un peu son
turban, et lui découvrit le visage pour
tâcher de le reconnaître. « Ah ! pauvre
Abou Hassan, dit-elle, en le recouvrant
aussitôt, je prie Dieu qu'il vous fasse miséricorde ! Adieu, ma fille, dit-elle à
Nouzhatoul-Aouadat ; si je pouvais vous
tenir compagnie plus long-temps, je le
ferais de bon cœur ; mais je ne puis m'arrêter davantage : mon devoir me presse
d'aller incessamment délivrer notre bonne
maîtresse de l'inquiétude affligeante où
ce vilain noir l'a plongée par son impu-
dent mensonge, en lui assurant, même
avec serment, que vous étiez morte. »

A peine la nourrice de Zobéide eut
fermé la porte en sortant, que Nouzhatoul-Aouadat, qui jugeait bien qu'elle
ne reviendrait pas, tant elle avait hâte de
rejoindre la princesse, essuya ses larmes,
débarrassa au plus tôt Abou Hassan de
tout ce qui était autour de lui, et ils allèrent tous deux reprendre leurs places

sur le sofa contre la jalousie, en attendant tranquillement la fin de cette tromperie, et toujours prêts à se tirer d'affaire, de quelque côté qu'on voulût les
prendre.

La nourrice de Zobéide cependant,
malgré sa grande vieillesse, avait pressé
le pas en revenant, encore plus qu'elle
n'avait fait en allant. Le plaisir de porter
à la princesse une bonne nouvelle, et
plus encore l'espérance d'une bonne récompense, la firent arriver en peu de
temps : elle entra dans le cabinet de la
princesse, presque hors d'haleine ; et en
lui rendant compte de sa commission,
elle raconta naïvement à Zobéide tout
ce qu'elle venait de voir.

Zobéide écouta le rapport de la nourrice avec un plaisir des plus sensibles :
et elle le fit bien voir ; car dès qu'elle eut
achevé, elle dit à sa nourrice d'un ton
qui marquait gain de cause : » Raconte
donc la même chose au Commandeur des
croyans, qui nous regarde comme dé-
pourvues de bon sens, et qui, avec cela,
voudrait nous faire accroire que nous

n'avons aucun sentiment de religion, et que nous n'avons pas la crainte de Dieu. Dis-le à ce méchant esclave noir, qui a l'insolence de me soutenir une chose qui n'est pas, et que je sais mieux que lui. »

Mesrour, qui s'était attendu que le voyage de la nourrice et le rapport qu'elle ferait lui seraient favorables, fut vivement mortifié de ce qu'il avait réussi tout au contraire. D'ailleurs, il se trouvait piqué au vif de l'excès de la colère que Zobéide avait contre lui, pour un fait dont il se croyait plus certain qu'aucun autre. C'est pourquoi il fut ravi d'avoir occasion de s'en expliquer librement avec la nourrice, plutôt qu'avec la princesse, à laquelle il n'osait répondre, de crainte de perdre le respect. « Vieille sans dents, dit-il à la nourrice sans aucun ménagement, tu es une menteuse ; il n'est rien de tout ce que tu dis : j'ai vu de mes propres yeux Nouzhatoul-Aouadat étendue morte au milieu de sa chambre. »

« Tu es un menteur et un insigne menteur toi-même, reprit la nourrice d'un ton insultant, d'oser soutenir une telle faus-

seté, à moi, qui sors de chez Abou Hassan,
que j'ai vu étendu mort, à moi, qui viens
de quitter sa femme pleine de vie! »

« Je ne suis pas un imposteur, repartit
Mesrour; c'est toi qui cherche à nous
jeter dans l'erreur. »

« Voilà une grande effronterie, répliqua la nourrice, d'oser me démentir ainsi
en présence de Leurs Majestés, moi qui
viens de voir de mes propres yeux la vérité de ce que j'ai l'honneur de leur annoncer. »

« Nourrice, repartit encore Mesrour,
tu ferais mieux de ne point parler ; tu
radotes. »

Zobéide ne put supporter ce manque-
ment de respect dans Mesrour, qui, sans
aucun égard, traitait sa nourrice si inju-
rieusement en sa présence. Ainsi, sans
donner le temps à sa nourrice de répondre à cette injure atroce : « Commandeur
des croyans, dit-elle au calife, je vous
demande justice contre cette insolence,
qui ne vous regarde pas moins que moi. »
Elle n'en put dire davantage, tant elle

était outrée de dépit; le reste fut étouffé par ses larmes.

Le calife, qui avait entendu toute cette contestation, la trouva fort embarrassante; il avait beau rêver, il ne savait que penser de toutes ces contrariétés. La princesse, de son côté, aussi bien que Mesrour, la nourrice et les femmes esclaves qui étaient là présentes, ne savaient que croire de cette aventure, et gardaient le silence. Le calife enfin prit la parole : « Madame, dit-il en s'adressant à Zobéide, je vois bien que nous sommes tous des menteurs, moi le premier, toi, Mesrour, et toi, nourrice : au moins il ne paraît pas que l'un soit plus croyable que l'autre; ainsi, levons-nous, et allons nous-mêmes sur les lieux reconnaître de quel côté est la vérité. Je ne vois pas un autre moyen de nous éclaircir de nos doutes, et de nous mettre l'esprit en repos. »

En disant ces paroles, le calife se leva, la princesse le suivit, et Mesrour, en marchant devant pour ouvrir la portière :

« Commandeur des croyans, dit-il, j'ai bien de la joie que Votre Majesté ait pris ce parti; et j'en aurai une bien plus grande, quand j'aurai fait voir à la nourrice, non pas qu'elle radote, puisque cette expression a eu le malheur de déplaire à ma bonne maîtresse; mais que le rapport qu'elle lui a fait n'est pas véritable. »

La nourrice ne demeura pas sans réplique : « Tais-toi, visage noir, reprit-elle; il n'y a ici personne que toi qui puisse radoter. »

Zobéide, qui était extraordinairement outrée contre Mesrour, ne put souffrir qu'il revînt à la charge contre sa nourrice. Elle prit encore son parti. « Méchant esclave, lui dit-elle, quoi que tu puisses dire, je maintiens que ma nourrice a dit la vérité; pour toi, je ne te regarde que comme un menteur. »

« Madame, reprit Mesrour, si la nourrice est si fortement assurée que Nouzhatoul - Aouadat est vivante, et qu'Abou Hassan est mort, qu'elle gage donc quelque chose contre moi : elle n'oserait. »

La nourrice fut prompte à la répartie :
« Je l'ose si bien, lui dit-elle, que je te
prends au mot. Voyons si tu oseras t'en
dédire. »

Mesrour ne se dédit pas de sa parole :
ils gagèrent, la nourrice et lui, en présence du calife et de la princesse, une
pièce de brocart d'or à fleurons d'argent,
au choix de l'un et de l'autre.

L'appartement d'où le calife et Zobéide sortirent, quoiqu'assez éloigné, était
néanmoins vis-à-vis du logement d'Abou
Hassan et de Nouzhatoul-Aouadat. Abou
Hassan qui les aperçut venir, précédés
de Mesrour, et suivis de la nourrice et de
la foule des femmes de Zobéide, en avertit aussitôt sa femme, en lui disant qu'il
était le plus trompé du monde, s'ils n'allaient être honorés de leur visite. Nouzhatoul-Aouadat regarda aussi par la jalousie, et elle vit la même chose. Quoique
son mari l'eût avertie d'avance que cela
pourrait arriver, elle en fut néanmoins
fort surprise. « Que ferons-nous, s'écria-t-
elle ; nous sommes perdus !

« Point du tout, ne craignez rien, re-

prit Abou Hassan d'un sang-froid imper-
turtable ; avez-vous déjà oublié ce que
nous avons dit là-dessus ? Faisons seulement les morts, vous et moi ; comme nous
l'avons déjà fait séparément, et comme
nous en sommes convenus, et vous verrez
que tout ira bien. Du pas dont ils vien-
nent, nous serons accommodés avant qu'ils
soient à la porte. »

En effet Abou Hassan et sa femme prirent le parti de s'envelopper du mieux
qu'il leur fut possible, et, en cet état,
après qu'ils se furent mis au milieu de la
chambre, l'un près de l'autre, couverts
chacun de leur pièce de brocart, ils at-
tendirent en paix la belle compagnie qui
leur venait rendre visite.

Cette illustre compagnie arriva enfin.
Mesrour ouvrit la porte, et le calife et
Zobéide entrèrent dans la chambre, suivis de tous leurs gens. Ils furent fort surpris, et ils demeurèrent comme immo-
biles à la vue de ce spectacle funèbre qui
se présentait à leurs yeux. Chacun ne
savait que penser d'un tel événement.
Zobéide enfin rompit le silence : «Hélas!

dit-elle au calife, ils sont morts tous deux ! Vous avez tant fait, continua-t-elle en regardant le calife et Mesrour, à force de vous opiniâtrer à me faire croire que ma chère esclave était morte, qu'elle l'est en effet; et sans doute ce sera de douleur d'avoir perdu son mari. » « Dites plutôt, Madame, répondit le calife, prévenu du contraire, que Nouzhatoul-Aouadat est morte la première, et que c'est le pauvre Abou Hassan qui a succombé à son affliction d'avoir vu mourir sa femme votre esclave; ainsi vous devez convenir que vous avez perdu la gageure, et que votre palais des Peintures est à moi tout de bon. »

« Et moi, repartit Zobéide, animée par la contradiction du calife, je soutiens que vous avez perdu vous-même, et que votre jardin des Délices m'appartient. Abou Hassan est mort le premier, puisque ma nourrice vous a dit, comme à moi, qu'elle a vu sa femme vivante qui pleurait son mari mort. »

Cette contestation du calife et de Zobéide en attira une autre. Mesrour et la nourrice étaient dans le même cas; ils avaient aussi gagé, et chacun prétendait avoir gagné. La dispute s'échauffait violemment, et le chef des eunuques avec la nourrice étaient prêts à en venir à de grosses injures.

Enfin le calife, en réfléchissant sur tout ce qui s'était passé, convenait tacitement que Zobéide n'avait pas moins de raison que lui de soutenir qu'elle avait gagné. Dans le chagrin où il était de ne pouvoir démêler la vérité de cette aventure, il s'avança près des deux corps morts, et s'assit du côté de la tête, en cherchant lui-même quelque expédient qui lui pût donner la victoire sur Zobéide. « Oui, s'écria-il un moment après, je jure, par le saint nom de Dieu, que je donnerai mille pièces d'or de ma monnaie à celui qui me dira qui est mort le premier des deux. »

A peine le calife eut achevé ces dernières paroles, qu'il entendit une voix de dessous le brocart qui couvrait Abou Hassan, qui lui cria : « Commandeur des croyans, c'est moi qui suis mort le premier; donnez-moi les mille pièces d'or. »

Et en même temps il vit Abou Hassan qui se débarrassait de la pièce de brocart qui le couvrait, et qui se prosterna à ses pieds. Sa femme se développa de même, et alla pour se jeter aux pieds de Zobéide, en se couvrant de sa pièce de brocart par bienséance; mais Zobéide fit un grand cri, qui augmenta la frayeur de tous ceux qui étaient là présens. La princesse enfin, revenue de sa peur, se trouva dans une joie inexprimable de voir sa chère esclave ressuscitée presque dans le moment qu'elle était inconsolable de l'avoir vue morte. Ah, méchante! s'écria-t-elle, tu es cause que j'ai bien souffert pour l'amour de toi de plus d'une manière! Je te pardonne cependant de bon cœur, puisqu'il est vrai que tu n'es pas morte. »

Le calife, de son côté, n'avait pas pris la chose si à cœur; loin de s'effrayer en entendant la voix d'Abou Hassan, il pensa au contraire étouffer de rire en les voyant tous deux se débarrasser de tout ce qui les entourait, et en entendant Abou Hassan demander très-sérieusement les mille pièces d'or qu'il avait promises à celui qui lui dirait qui était mort le premier. « Quoi donc! Abou Hassan, lui dit le calife en éclatant encore de rire, as-tu donc conspiré de me faire mourir à force de rire? Et d'où t'est venue la pensée de nous surprendre ainsi, Zobéide et moi, par un endroit sur lequel nous n'étions nullement en garde contre toi? »

« Commandeur des croyans, répondit Abou Hassan, je vais le déclarer sans dissimulation. Votre Majesté sait bien que j'ai toujours été fort porté à la bonne chère. La femme qu'elle m'a donnée n'a point ralenti en moi cette passion ; au contraire, j'ai trouvé en elle des inclinations toutes favorables à l'augmenter. Avec de telles dispositions, Votre Majesté jugera facilement que quand nous aurions eu un trésor aussi grand que la mer, avec tous ceux de Votre Majesté, nous aurions bientôt trouvé le moyen d'en voir la fin ; c'est aussi ce qui nous est arrivé. Depuis que nous sommes ensemble, nous n'avons rien épargné pour nous bien régaler sur les libéralités de

Votre Majesté. Ce matin, après avoir
compté avec notre traiteur, nous avons
trouvé qu'en le satisfaisant, et en payant
d'ailleurs ce que nous pouvions devoir, il
ne nous restait rien de tout l'argent que
nous avions. Alors les réflexions sur le
passé, et les résolutions de mieux faire à
l'avenir, sont venues en foule occuper
notre esprit et nos pensées; nous avons
fait mille projets que nous avons aban-
donnés ensuite. Enfin, la honte de nous
voir réduits à un si triste état, et de n'o-
ser le déclarer à Votre Majesté, nous a
fait imaginer ce moyen de suppléer à nos
besoins, en nous divertissant par cette
petite tromperie, que nous prions Votre
Majesté de vouloir bien nous pardonner.»

Le calife et Zobéide furent fort contens de la sincérité d'Abou Hassan; ils
ne parurent point fâchés de tout ce qui
s'était passé; au contraire, Zobéide, qui
avait toujours pris la chose très-sérieusement, ne put s'empêcher de rire à son
tour en songeant à tout ce qu'Abou Hassan avait imaginé pour réussir dans son
dessein. Le calife, qui n'avait presque

pas cessé de rire, tant cette imagination lui paraissait singulière : « Suivez - moi l'un et l'autre, dit-il à Abou Hassan et à sa femme en se levant ; je veux vous faire donner les mille pièces d'or que je vous ai promises, pour la joie que j'ai de ce que vous n'êtes pas morts. »

« Commandeur des croyans, reprit Zobéide, contentez-vous, je vous prie, de faire donner mille pièces d'or à Abou Hassan ; vous les devez à lui seul. Pour ce qui regarde sa femme, j'en fais mon affaire. » En même temps elle commanda à sa trésorière qui l'accompagnait, de faire donner aussi mille pièces d'or à Nouzha-toul-Aouadat, pour lui marquer, de son côté, la joie qu'elle avait de ce qu'elle était encore en vie.

Par ce moyen, Abou Hassan et Nouz-hatoul-Aouadat, sa chère femme, con-servèrent long-temps les bonnes grâces du calife Haroun Alraschid et de Zo-béide son épouse, et acquirent de leurs libéralités de quoi pourvoir abondam-ment à tous leurs besoins pour le reste de leurs jours.

La sultane Scheherazade, en achevant l'histoire d'Abou Hassan, avait promis au sultan Schahriar de lui en raconter une autre, qui ne le divertirait pas moins. Dinarzade, sa sœur, ne manqua pas de la faire souvenir avant le jour de tenir sa parole, et que le Sultan lui avait témoigné qu'il était prêt à l'entendre. Aussitôt Scheherazade, sans se faire attendre, lui raconta l'histoire qui suit en ces termes :

HISTOIRE D'ALADDIN,

OU

LA LAMPE MERVEILLEUSE.

Sire, dans la capitale d'un royaume de la Chine, très-riche et d'une vaste étendue, dont le nom ne me vient pas présentement à la mémoire, il y avait un tailleur nommé Mustafa, sans autre distinction que celle que sa profession lui donnait. Mustafa le tailleur était fort pauvre, et son travail lui produisait à peine de quoi le faire subsister

lui et sa femme, et un fils que Dieu leur
avait donné.

Le fils, qui se nommait Aladdin, avait
été élevé d'une manière très-négligée, et
qui lui avait fait contracter des inclinations vicieuses : il était méchant, opiniâtre,
désobéissant à son père et à sa mère. Sitôt
qu'il fut un peu grand, ses parens ne le
purent retenir à la maison ; il sortait dès
le matin, et il passait les journées à jouer
dans les rues et dans les places publiques,
avec de petits vagabonds qui étaient même
au-dessous de son âge.

Dès qu'il fut en âge d'apprendre un métier, son père, qui n'était pas en état de
lui en faire apprendre un autre que le sien,
le prit en sa boutique, et commença à lui
montrer de quelle manière il devait manier
l'aiguille ; mais ni par douceur, ni par
crainte d'aucun châtiment, il ne fut pas
possible au père de fixer l'esprit volage de
son fils : il ne put le contraindre à se contenir, et à demeurer assidu et attaché au
travail, comme il le souhaitait. Sitôt que
Mustafa avait le dos tourné, Aladdin s'é-
chappait, et il ne revenait plus de tout le

jour. Le père le châtiait; mais Aladdin
était incorrigible; et, à son grand regret,
Mustafa fut obligé de l'abandonner à son
libertinage. Cela lui fit beaucoup de peine;
et le chagrin de ne pouvoir faire rentrer
ce fils dans son devoir, lui causa une maladie si opiniâtre, qu'il en mourut au bout
de quelques mois.

La mère d'Aladdin, qui vit que son fils
ne prenait pas le chemin d'apprendre le
métier de son père, ferma la boutique, et
fit de l'argent de tous les ustensiles de son
métier, pour l'aider à subsister, elle et
son fils, avec le peu qu'elle pourrait
gagner à filer du coton.

Aladdin, qui n'était plus retenu par la
crainte d'un père, et qui se souciait si peu
de sa mère, qu'il avait même la hardiesse
de la menacer à la moindre remontrance
qu'elle lui faisait, s'abandonna alors à un
plein libertinage. Il fréquentait de plus en
plus les enfans de son âge, et ne cessait
de jouer avec eux avec plus de passion
qu'auparavant. Il continua ce train de vie
jusqu'à l'âge de quinze ans, sans aucune
ouverture d'esprit pour quoi que ce soit,

et, sans faire réflexion à ce qu'il pourrait devenir un jour. Il était dans cette situation, lorsqu'un jour qu'il jouait au milieu d'une place avec une troupe de vagabonds, selon sa coutume, un étranger, qui passait par cette place, s'arrêta à le regarder.

Cet étranger était un magicien insigne, que les auteurs qui ont écrit cette histoire nous font connaître sous le nom de magicien africain : c'est ainsi que nous l'appellerons, d'autant plus volontiers, qu'il était véritablement d'Afrique, et qu'il n'était arrivé que depuis deux jours.

Soit que le magicien africain, qui se connaissait en physionomie, eût remarqué dans le visage d'Aladdin tout ce qui était absolument nécessaire pour l'exécution de ce qui avait fait le sujet de son voyage, ou autrement, il s'informa adroitement de sa famille, de ce qu'il était et de son inclination. Quand il fut instruit de tout ce qu'il souhaitait, il s'approcha du jeune homme ; et, en le tirant à part à quelques pas de ses camarades : « Mon fils, lui demanda t-il, votre père ne s'appelle-t-il pas Mustafa le tailleur ? » « Oui, Monsieur,

répondit Aladdin ; mais il y a long-temps
qu'il est mort. »

A ces paroles, le magicien africain se
jeta au cou d'Aladdin, l'embrassa, et le
baisa par plusieurs fois les larmes aux
yeux , accompagnées de soupirs. Aladdin,
qui remarqua ses larmes, lui demanda
quel sujet il avait de pleurer. « Ah, mon
fils! s'écria le magicien africain ; comment
pourrais-je m'en empêcher? Je suis votre
oncle ; et votre père était mon bon frère. Il
y a plusieurs années que je suis en voyage;
et dans le moment que j'arrive ici avec
l'espérance de le revoir, et de lui donner
de la joie de mon retour, vous m'apprenez
qu'il est mort! Je vous assure que c'est
une douleur bien sensible pour moi, de me
voir privé de la consolation à laquelle je
m'attendais. Mais ce qui soulage un peu
mon affliction, c'est qu'autant que je puis
m'en souvenir, je reconnais ses traits sur
votre visage, et je vois que je ne me suis
pas trompé en m'adressant à vous. » Il
demanda à Aladdin, en mettant la main
à la bourse, où demeurait sa mère. Aussitôt Aladdin satisfit à s   demande; et le

magicien africain lui donna en même temps une poignée de menue monnaie, en lui disant : « Mon fils, allez trouver votre mère ; faites-lui bien mes complimens, et dites-lui que j'irai la voir demain, si le temps me le permet, pour me donner la consolation de voir le lieu où mon bon frère a vécu si long-temps, et où il a fini ses jours. »

Dès que le magicien africain eut laissé le neveu qu'il venait de se faire lui-même, Aladdin courut chez sa mère, bien joyeux de l'argent que son oncle venait de lui donner. « Ma mère, lui dit-il en arrivant, je vous prie de me dire si j'ai un oncle. » « Non, mon fils, lui répondit la mère ; vous n'avez point d'oncle du côté de feu votre père ni du mien. » « Je viens cependant, reprit Aladdin, de voir un homme qui se dit mon oncle du côté de mon père, puisqu'il était son frère, à ce qu'il m'a assuré ; il s'est même mis à pleurer et à m'embrasser quand je lui ai dit que mon père était mort. Et pour marque que je dis la vérité, ajouta-t-il en lui montrant la monnaie qu'il avait reçue, voilà ce qu'il m'a donné. Il m'a aussi chargé de vous saluer de sa part, et de vous dire que demain, s'il en a le temps, il viendra vous saluer, pour voir en même temps la maison où mon père a vécu, et où il est mort. » « Mon fils, repartit la mère, il est vrai que votre père avait un frère ; mais il y a long-temps qu'il est mort, et je ne lui ai jamais entendu dire qu'il en eût un autre. » Ils n'en dirent pas davantage touchant le magicien africain.

Le lendemain, le magicien africain aborda Aladdin une seconde fois, comme il jouait dans un autre endroit de la ville avec d'autres enfans. Il l'embrassa, comme il avait fait le jour précédent ; et en lui mettant deux pièces d'or dans la main, il lui dit : « Mon fils, portez cela à votre mère, et dites-lui que j'irai la voir ce soir, et qu'elle achète de quoi souper, afin que nous mangions ensemble. Mais auparavant, enseignez-moi où je trouverai la maison. » Il la lui enseigna, et le magicien africain le laissa aller.

Aladdin porta deux pièces d'or à sa mère ; et dès qu'il lui eut dit quelle était

l'intention de son oncle, elle sortit pour
les aller employer; et revint avec de
bonnes provisions; et comme elle était
dépourvue d'une bonne partie de la vaisselle dont elle avait besoin, elle alla en
emprunter chez ses voisins. Elle employa
toute la journée à préparer le souper; et
sur le soir, dès que tout fut prêt, elle dit
à Aladdin : « Mon fils, votre oncle ne sait
peut-être pas où est notre maison; allez
au-devant de lui, et l'amenez, si vous le
voyez. »

Quoiqu'Aladdin eût enseigné la maison
au magicien africain, il était prêt néanmoins à sortir quand on frappa à la porte.
Aladdin ouvrit, et il reconnut le magicien
africain, qui entra chargé de bouteilles
de vin et de plusieurs sortes de fruits qu'il
apportait pour le souper.

Après que le magicien africain eut mis
ce qu'il apportait entre les mains d'Aladdin, il salua sa mère, et la pria de lui
montrer la place où son frère Mustafa avait
coutume de s'asseoir sur le sofa. Elle la
lui montra; et aussitôt il se prosterna, et
il baisa cette place plusieurs fois les lar-

mes aux yeux, en s'écriant : « Mon pauvre frère! Que je suis malheureux de n'être
pas arrivé assez à temps pour vous embrasser encore une fois avant votre mort! »
Quoique la mère d'Aladdin l'en priât,
jamais il ne voulut s'asseoir à la même
place : « Non, dit-il, je m'en garderai
bien ; mais souffrez que je me mette ici
vis-à-vis, afin que si je suis privé de la satisfaction de l'y voir en personne, comme
père d'une famille qui m'est si chère, je
puisse au moins l'y regarder comme s'il
était présent. » La mère d'Aladdin ne le
pressa pas davantage, et elle le laissa
dans la liberté de prendre la place qu'il
voulut.

Quand le magicien africain se fut assis
à la place qu'il lui avait plu de choisir, il
commença de s'entretenir avec la mère
d'Aladdin : « Ma bonne sœur, lui disait-
il, ne vous étonnez point de ne m'avoir
pas vu tout le temps que vous avez été
mariée avec mon frère Mustafa, d'heureuse mémoire ; il y a quarante ans que je
suis sorti de ce pays, qui est le mien aussi
bien que celui de feu mon frère. Depuis

ce temps-là, après avoir voyagé dans les
Indes, dans la Perse, dans l'Arabie, dans
la Syrie, en Egypte, et séjourné dans les
plus belles villes de ces pays-là, je passai
en Afrique, où j'ai fait un long séjour. A
la fin, comme il est naturel à l'homme,
quelque éloigné qu'il soit du pays de sa
naissance, de n'en perdre jamais la mémoire, non plus que de ses parens et de
ceux avec qui il a été élevé, il m'a pris un
désir si efficace de revoir le mien et de
venir embrasser mon cher frère, pendant
que je me sentais encore assez de force
et de courage pour entreprendre un si
long voyage, que je n'ai pas différé à
faire mes préparatifs, et à me mettre en
chemin. Je ne vous dis rien de la longueur
du temps que j'y ai mis, de tous les obs-
tacles que j'ai rencontrés, et de toutes les
fatigues que j'ai souffertes pour arriver
jusqu'ici; je vous dirai seulement que rien
ne m'a mortifié et affligé davantage dans
tous mes voyages, que quand j'ai appris
la mort d'un frère que j'avais toujours
aimé, et que j'aimais d'une amitié véritablement fraternelle. J'ai remarqué de ses

traits dans le visage de mon neveu votre
fils, et c'est ce qui me l'a fait distinguer
par-dessus tous les autres enfans avec lesquels il était. Il a pu vous dire de quelle
manière j'ai reçu la triste nouvelle qu'il
n'était plus au monde; mais il faut louer
Dieu de toutes choses : je me console de
le retrouver dans un fils qui en conserve
les traits les plus remarquables. »

Le magicien africain, qui s'aperçut que
la mère d'Aladdin s'attendrissait sur le
souvenir de son mari, en renouvelant sa
douleur, changea de discours; et en se
retournant du côté d'Aladdin, il lui demanda son nom. Je m'appelle Aladdin,
lui dit-il. » « Eh bien, Aladdin, reprit le
magicien, à quoi vous occupez-vous ? Savez-vous quelque métier ? »

A cette demande, Aladdin baissa les
yeux, et fut déconcerté; mais sa mère, en
prenant la parole : « Aladdin, dit-elle,
est un fainéant. Son père a fait tout son
possible, pendant qu'il vivait, pour lui
apprendre son métier, et il n'a pu en venir
à bout; et depuis qu'il est mort, nonobstant tout ce que j'ai pu lui dire, et ce que

je lui répète chaque jour, il ne fait autre
métier que de faire le vagabond, et passer tout son temps à jouer avec les enfans,
comme vous l'avez vu, sans considérer
qu'il n'est plus enfant ; et si vous ne lui
en faites honte, et qu'il n'en profite pas,
je désespère que jamais il puisse rien valoir. Il sait que son père n'a laissé aucun
bien ; et il voit lui-même qu'à filer du
coton pendant tout le jour, comme je fais,
j'ai bien de la peine à gagner de quoi nous
avoir du pain. Pour moi, je suis résolue
à lui fermer la porte un de ces jours, et
à l'envoyer en chercher ailleurs. »

A près que la mère d'Aladdin eut achevé
ces paroles en fondant en larmes, le magicien africain dit à Aladdin : « Cela n'est
pas bien, mon neveu ; il faut songer à vous
aider vous-même, et à gagner votre vie.
Il y a des métiers de plusieurs sortes ;
voyez s'il n'y en a pas quelqu'un pour
lequel vous ayez inclination plutôt que
pour un autre. Peut-être que celui de
votre père vous déplaît, et que vous vous
accommoderiez mieux d'un autre : ne dis-
simulez point ici vos sentimens, je ne

cherche qu'à vous aider. » Comme il vit
qu'Aladdin ne répondait rien : « Si vous
avez de la répugnance pour apprendre un
métier, continua-t-il, et que vous vouliez
être honnête homme, je vous leverai une
boutique garnie de riches étoffes et de
toiles fines ; vous vous mettrez en état de
les vendre ; et de l'argent que vous en
ferez, vous achèterez d'autres marchandises, et de cette manière vous vivrez
honorablement. Consultez - vous vous-
même, et dites-moi franchement ce que
vous en pensez ; vous me trouverez toujours prêt à tenir ma promesse. »

Cette offre flatta fort Aladdin, à qui le
travail manuel déplaisait d'autant plus,
qu'il avait assez de connaissance pour s'être
aperçu que les boutiques de ces sortes de
marchandises étaient propres et fréquentées, et que les marchands étaient bien
habillés et fort considérés. Il marqua au
magicien africain, qu'il regardait comme
son oncle, que son penchant était plutôt
de ce côté-là que d'aucun autre, et qu'il
lui serait obligé toute sa vie du bien qu'il
voulait lui faire. « Puisque cette profes-

sion vous agrée, reprit le magicien africain, je vous mènerai demain avec moi,
et je vous ferai habiller proprement et
richement, conformément à l'état d'un
des plus gros marchands de cette ville ; et
après-demain nous songerons à vous lever une boutique de la manière que je
l'entends. »

La mère d'Aladdin, qui n'avait pas cru
jusqu'alors que le magicien africain fût
frère de son mari, n'en douta nullement
après tout le bien qu'il promettait de faire
à son fils. Elle le remercia de ses bonnes
intentions ; et, après avoir exhorté Aladdin à se rendre digne de tous les biens que
son oncle lui faisait espérer, elle servit
le souper. La conversation roula sur le
même sujet pendant tout le repas, et jusqu'à ce que le magicien, qui vit que la
nuit était avancée, prit congé de la mère
et du fils, et se retira.

Le lendemain matin, le magicien africain ne manqua pas de revenir chez la
veuve de Mustafa le tailleur, comme il
l'avait promis. Il prit Aladdin avec lui,
et il le mena chez un gros marchand qui

ne vendait que des habits tout faits, de toutes sortes de belles étoffes, pour les différens âges et conditions. Il s'en fit montrer de convenables à la grandeur d'Aladdin; et, après avoir mis à part tous ceux qui lui plaisaient davantage, et rejeté les autres, qui n'étaient pas de la beauté qu'il entendait, il dit à Aladdin: « Mon neveu, choisissez dans tous ces habits celui que vous aimez le mieux. » Aladdin, charmé des libéralités de son nouvel oncle, en choisit un; le magicien l'acheta, avec tout ce qui devait l'accompagner, et paya tout sans marchander.

Lorsqu'Aladdin se vit ainsi habillé magnifiquement depuis les pieds jusqu'à la tête, il fit à son oncle tous les remercîmens imaginables, et le magicien lui promit encore de ne le point abandonner, et de l'avoir toujours avec lui. En effet, il le mena dans les lieux les plus fréquentés de la ville, particulièrement dans ceux où étaient les boutiques des riches marchands, et quand il fut dans la rue où étaient les boutiques des plus riches étoffes et des toiles fines, il dit à Aladdin: « Comme vous serez bientôt marchand comme ceux que vous voyez, il est bon que vous les fréquentiez, et qu'ils vous connaissent. » Il lui fit voir aussi les mosquées les plus belles et les plus grandes, le conduisit dans les kans où logeaient les marchands étrangers, et dans tous les endroits du palais du sultan où il était libre d'entrer. Enfin, après avoir parcouru ensemble tous les beaux endroits de la ville, ils arrivèrent dans le kan où le magicien avait pris un appartement. Il s'y trouva quelques marchands avec lesquels il avait commencé de faire connaissance depuis son arrivée, et qu'il avait rassemblés exprès pour les bien régaler, et leur donner en même temps la connaissance de son prétendu neveu.

Le régal ne finit que sur le soir. Aladdin voulut prendre congé de son oncle pour s'en retourner; mais le magicien africain ne voulut pas le laisser aller seul, et le reconduisit lui-même chez sa mère. Dès qu'elle eut aperçu son fils si bien habillé, elle fut transportée de joie, et elle ne cessait de donner mille bénédictions

8. Les Mille et une Nuits.   9

au magicien, qui avait fait une si grande dépense pour son enfant. « Généreux parent, lui dit-elle, je ne sais comment vous remercier de votre libéralité. Je sais que mon fils ne mérite pas le bien que vous lui faites, et qu'il en serait tout à fait indigne, s'il n'en était reconnaissant, et s'il négligeait de répondre à la bonne intention que vous avez de lui donner un établissement si distingué. En mon particulier, ajouta-t-elle, je vous en remercie encore de toute mon ame, et je vous souhaite une vie assez longue pour être témoin de la reconnaissance de mon fils, qui ne peut mieux vous la témoigner qu'en se gouvernant selon vos bons conseils. »

« Aladdin, reprit le magicien africain, est un bon enfant; il m'écoute assez, et je crois que nous en ferons quelque chose de bon. Je suis fâché d'une chose, de ne pouvoir exécuter demain ce que je lui ai promis. C'est jour de vendredi, les boutiques seront fermées, et il n'y aura pas lieu de songer à en louer une et à la garnir pendant que les marchands ne penseront qu'à se divertir. Ainsi, nous remet-

trons l'affaire à samedi ; mais je viendrai
demain le prendre, et je le mènerai promener dans les jardins où le beau monde
a coutume de se trouver. Il n'a peut-être
encore rien vu des divertissemens qu'on
y prend. Il n'a été jusqu'à présent qu'avec
des enfans : il faut qu'il voie des hommes. »
Le magicien africain prit enfin congé de
la mère et du fils, et se retira. Aladdin,
cependant, qui était déjà dans une grande
joie de se voir si bien habillé, se fit encore un plaisir par avance de la promenade des jardins des environs de la ville.
En effet, jamais il n'était sorti hors des
portes, et jamais il n'avait vu les environs, qui étaient d'une grande beauté et
très-agréables.

Aladdin se leva et s'habilla le lendemain de grand matin, pour être prêt à
partir quand son oncle viendrait le prendre. Après avoir attendu long-temps, à
ce qu'il lui semblait, l'impatience lui fit
ouvrir la porte, et se tenir sur le pas,
pour voir s'il ne le verrait point. Dès qu'il
l'aperçut, il en avertit sa mère ; et, en

prenant congé d'elle, il ferma la porte, et
courut à lui pour le joindre.

Le magicien africain fit beaucoup de
caresses à Aladdin quand il le vit. « Allons, mon cher enfant, lui dit-il d'un air
riant, je veux vous faire voir aujourd'hui
de belles choses. » Il le mena par une
porte qui conduisait à de grandes et de
belles maisons, ou plutôt à des palais
magnifiques, qui avaient chacun de très-
beaux jardins, dont les entrées étaient libres. A chaque palais qu'ils rencontraient,
il demandait à Aladdin s'il le trouvait
beau ; et Aladdin, en le prévenant, quand
un autre se présentait : « Mon oncle, disait-il, en voici un plus beau que ceux
que nous venons de voir. » Cependant,
ils avançaient toujours plus avant dans la
campagne ; et le rusé magicien, qui avait
envie d'aller plus loin pour exécuter le
dessein qu'il avait dans la tête, prit occasion d'entrer dans un de ces jardins. Il
s'assit près d'un grand bassin, qui rece-
vait une très-belle eau par un mufle de
lion de bronze, et feignit qu'il était las,

afin de faire reposer Aladdin. « Mon neveu, lui dit-il, vous devez être fatigué aussi bien que moi : reposons-nous ici pour reprendre des forces; nous aurons plus de courage à poursuivre notre promenade. »

Quand ils furent assis, le magicien africain tira d'un linge attaché à sa ceinture, des gâteaux et plusieurs sortes de fruits dont il avait fait provision, et il l'étendit sur le bord du bassin. Il partagea un gâteau entre lui et Aladdin, et à l'égard des fruits, il lui laissa la liberté de choisir ceux qui seraient le plus à son goût. Pendant ce petit repas, il entretint son prétendu neveu de plusieurs enseignemens qui tendaient à l'exhorter de se détacher de la fréquentation des enfans, et de s'approcher plutôt des hommes sages et prudens, de les écouter, et de profiter de leurs entretiens. «Bientôt, lui disait-il, vous serez homme comme eux, et vous ne pouvez vous accoutumer de trop bonne heure à dire de bonnes choses à leur exemple. » Quand ils eurent achevé ce petit repas, ils se levèrent et ils poursuivirent leur chemin au travers des jardins,

qui n'étaient séparés les uns des autres que
par de petits fossés qui en marquaient les
limites, mais qui n'en empêchaient pas
la communication. La bonne foi faisait
que les citoyens de cette capitale n'ap-
portaient pas plus de précaution pour
s'empêcher les uns les autres de se nuire.
Insensiblement le magicien africain amena
Aladdin assez loin au-delà des jardins, et
le fit traverser des campagnes qui le con-
duisirent jusqu'assez près des montagnes.

Aladdin, qui de sa vie n'avait fait tant
de chemin, se sentit fort fatigué d'une
si longue marche. « Mon oncle, dit-il au
magicien africain, où allons-nous? Nous
avons laissé les jardins bien loin derrière
nous, et je ne vois plus que des montagnes.
Si nous avançons plus, je ne sais si j'aurai
assez de force pour retourner jusqu'à la
ville. » « Prenez courage, mon neveu,
lui dit le faux oncle; je veux vous faire
voir un autre jardin qui surpasse tous
ceux que vous venez de voir; il n'est pas
loin d'ici, il n'y a qu'un pas; et quand
nous y serons arrivés, vous me direz vous-
même si vous ne seriez pas fâché de ne

l'avoir point vu, après vous en être approché de si près. » Aladdin se laissa persuader, et le magicien le mena encore fort
loin, en l'entretenant de différentes his-
toires amusantes, pour lui rendre le chemin moins ennuyeux et la fatigue plus
supportable.

Ils arrivèrent enfin entre deux montagnes d'une hauteur médiocre et à peu
près égales, séparées par un vallon de
très-peu de largeur. C'était là cet endroit
remarquable où le magicien africain avait
voulu amener Aladdin pour l'exécution
d'un grand dessein qui l'avait fait venir
de l'extrémité de l'Afrique jusqu'à la
Chine. « Nous n'allons pas plus loin,
dit-il à Aladdin ; je veux vous faire voir
ici des choses extraordinaires et inconnues
à tous les mortels ; et quand vous les aurez
vues, vous me remercierez d'avoir été
témoin de tant de merveilles, que personne au monde n'aura vues que vous.
Pendant que je vais battre le fusil, amas-
sez, de toutes les broussailles que vous
voyez, celles qui seront les plus sèches,
afin d'allumer du feu. »

Il y avait une si grande quantité de ces broussailles, qu'Aladdin en eut bientôt fait un amas plus que suffisant, dans la temps que le magicien allumait l'allumette. Il y mit le feu; et dans le moment que les broussailles s'enflammèrent, le magicien africain y jeta d'un parfum qu'il avait tout prêt. Il s'éleva une fumée fort épaisse, qu'il détourna de côté et d'autre, en prononçant des paroles magiques auxquelles Aladdin ne comprit rien.

Dans le même moment, la terre trembla un peu, et s'ouvrit dans cet endroit devant le magicien et Aladdin, et fit voir à découvert une pierre d'environ un pied et demi en carré, et d'environ un pied de profondeur, posée horizontalement, avec un anneau de bronze scellé dans le milieu, pour s'en servir à la lever. Aladdin, effrayé de tout ce qui se passait à ses yeux, eut peur, et il voulut prendre la fuite. Mais il était nécessaire à ce mystère; et le magicien le retint et le gronda fort, en lui donnant un soufflet si fortement appliqué, que peu s'en fallut qu'il ne lui en-

fonçât les dents de devant dans la bouche,
comme il y parut par le sang qui en sortit.
Le pauvre Aladdin, tout tremblant et les
larmes aux yeux : « Mon oncle, s'écria-t-il
en pleurant, qu'ai-je donc fait pour avoir
mérité que vous me frappiez si rude-
ment? » « J'ai mes raisons pour le faire,
lui répondit le magicien. Je suis votre
oncle, qui vous tient présentement lieu
de père, et vous ne devez pas me répliquer. Mais, mon enfant, ajouta-t-il, en se
radoucissant, ne craignez rien ; je ne demande autre chose de vous, que vous
m'obéissiez exactement, si vous voulez
bien profiter et vous rendre digne des
grands avantages que je veux vous faire. »
Ces belles promesses du magicien cal-
mèrent un peu la crainte et le ressentiment d'Aladdin ; et lorsque le magicien
le vit entièrement rassuré : « Vous avez
vu, continua-t-il, ce que j'ai fait par la
vertu de mon parfum et des paroles que
j'ai prononcées. Apprenez donc présentement que sous cette pierre que vous
voyez, il y a un trésor caché qui vous
est destiné, et qui doit vous rendre un

jour plus riche que les plus grands Rois
du monde. Cela est si vrai, qu'il n'y a
personne au monde que vous à qui il soit
permis de toucher cette pierre, et de la
lever pour y entrer ; il m'est même défendu d'y toucher, de mettre le pied dans
le trésor quand il sera ouvert. Pour cela,
il faut que vous exécutiez de point en point
ce que je vous dirai, sans y manquer : la
chose est de grande conséquence et pour
vous et pour moi. »

Aladdin, toujours dans l'étonnement
de ce qu'il voyait et de tout ce qu'il venait d'entendre dire au magicien, de ce
trésor qui devait le rendre heureux à jamais, oublia tout ce qui s'était passé.
« Hé bien, mon oncle, dit-il au magicien
en se levant, de quoi s'agit-il ? Comman-
dez, je suis tout prêt à obéir. » « Je suis
ravi, mon enfant, lui dit le magicien africain, en l'embrassant, que vous ayez pris
ce parti ; venez, approchez-vous, prenez
cet anneau, et levez la pierre. » « Mais,
mon oncle, reprit Aladdin, je ne suis pas
assez fort pour la lever, il faut donc que
vous m'aidiez. » « Non, repartit le magicien

africain, vous n'avez pas besoin de mon
aide, et nous ne ferions rien, vous et moi,
si je vous aidais : il faut que vous la leviez
vous seul. Prononcez seulement le nom
de votre père et de votre grand-père en
tenant l'anneau, et levez ; vous verrez
qu'elle viendra à vous sans peine. » Aladdin fit comme le magicien lui avait dit :
il leva la pierre avec facilité, et il la posa
à côté.

Quand la pierre fut ôtée, un caveau de
trois à quatre pieds de profondeur se fit
voir avec une petite porte et des degrés
pour descendre plus bas. « Mon fils, dit
alors le magicien africain à Aladdin, ob-
servez exactement tout ce que je vais
vous dire. Descendez dans ce caveau ;
quand vous serez au bas des degrés que
vous voyez, vous trouverez une porte ouverte qui vous conduira dans un grand
lieu voûté, et partagé en trois grandes
salles l'une après l'autre. Dans chacune
vous verrez, à droite et à gauche, quatre
vases de bronze, grands comme des cu-
ves, pleins d'or et d'argent; mais gardez-
vous bien d'y toucher. Avant d'entrer dans

la première salle, levez votre robe, et
serrez-la bien autour de vous. Quand vous
y serez entré, passez à la seconde sans
vous arrêter, et de là, à la troisième, aussi
sans vous arrêter. Sur toutes choses, gardez-vous bien d'approcher des murs, et
d'y toucher même avec votre robe; car si
vous y touchiez, vous mourriez sur-le-
champ; c'est pour cela que je vous ai
dit de la tenir serrée autour de vous. Au
bout de la troisième salle, il y a une porte
qui vous donnera entrée dans un jardin
planté de beaux arbres, tous chargés de
fruits; marchez tout droit, et traversez ce
jardin par un chemin qui vous mènera à
un escalier de cinquante marches pour
monter sur une terrasse. Quand vous serez sur la terrasse, vous verrez devant vous
une niche, et dans la niche, une lampe
allumée. Prenez la lampe, éteignez-la; et,
quand vous aurez jeté le lumignon et
versé la liqueur, mettez-la dans votre
sein, et apportez-la-moi. Ne craignez pas
de gâter votre habit : la liqueur n'est pas
de l'huile, et la lampe sera sèche dès qu'il
n'y en aura plus. Si les fruits du jardin

vous font envie, vous pouvez en cueillir
autant que vous en voudrez : cela ne
vous est pas défendu.

En achevant ces paroles, le magicien
africain tira un anneau qu'il avait au
doigt, et il le mit à l'un des doigts d'A-
laddin, en lui disant que c'était un pré-
servatif contre tout ce qui pourrait lui
arriver de mal, en observant bien tout
ce qu'il venait de lui prescrire. « Allez,
mon enfant, lui dit-il après cette instruc-
tion, descendez hardiment ; nous allons
être riches l'un et l'autre pour toute
notre vie. »

Aladdin sauta légèrement dans le caveau, et il descendit jusqu'au bas des degrés : il trouva les trois salles dont le magicien africain lui avait fait la description.
Il passa au travers avec d'autant plus de
précaution, qu'il appréhendait de mourir
s'il manquait à observer soigneusement
ce qui lui avait été prescrit. Il traversa le
jardin sans s'arrêter, monta sur la terrasse, prit la lampe allumée dans la niche, jeta le lumignon et la liqueur ; et en
la voyant sans humidité, comme le ma-

gicien le lui avait dit, il la mit dans son
sein : il descendit de la terrasse, et il s'arrêta dans le jardin à en considérer les
fruits qu'il n'avait vus qu'en passant. Les
arbres de ce jardin étaient tous chargés
de fruits extraordinaires. Chaque arbre
en portait de différentes couleurs : il y
en avait de blancs, de luisans et transparens comme le cristal; de rouges, les uns
plus chargés, les autres moins; de verts,
de bleus, de violets, de tirant sur le
jaune, et de plusieurs autres sortes de
couleurs. Les blancs étaient des perles;
les luisans et transparens, des diamans;
les rouges les plus foncés, des rubis; les
autres moins foncés, des rubis-balais; les
verts, des émeraudes; les bleus, des tur-
quoises; les violets, des amethystes;
ceux qui tiraient sur le jaune, des sa-
phirs; et ainsi des autres. Et ces fruits
étaient tous d'une grosseur et d'une perfection à quoi on n'avait encore vu rien
de pareil dans le monde. Aladdin, qui
n'en connaissait ni le mérite ni la valeur,
ne fut pas touché de la vue de ces fruits,

qui n'étaient pas de son goût comme
l'eussent été des figues, des raisins et
les autres fruits excellens qui sont com-
muns dans la Chine. Aussi n'était-il pas
encore dans un âge à en connaître le prix;
il s'imagina que tous ces fruits n'étaient
que du verre coloré, et qu'ils ne valaient
pas davantage. La diversité de tant de
belles couleurs, néanmoins, la beauté et
la grosseur extraordinaires de chaque
fruit, lui donnèrent envie d'en cueillir
de toutes les sortes. En effet, il en prit
plusieurs de chaque couleur, et il en em-
plit ses deux poches et deux bourses toutes
neuves que le magicien lui avait achetées,
avec l'habit dont il lui avait fait présent,
afin qu'il n'eût rien que de neuf; et
comme les deux bourses ne pouvaient
tenir dans ses poches, qui étaient déjà
pleines, il les attacha de chaque côté à sa
ceinture; il en enveloppa même dans les
plis de sa ceinture, qui était d'une étoffe
de soie ample et à plusieurs tours, et il
les accommoda de manière qu'ils ne pouvaient pas tomber; il n'oublia pas aussi

d'en fourrer dans son sein, entre la robe
et la chemise, autour de lui.

Aladdin, ainsi chargé de tant de richesses, sans le savoir, reprit en diligence
le chemin des trois salles, pour ne pas
faire attendre trop long-temps le magicien africain; et après avoir passé à travers avec la même précaution qu'auparavant, il remonta par où il était descendu,
et se présenta à l'entrée du caveau, où le
magicien africain l'attendait avec impatience. Aussitôt qu'Aladdin l'aperçut :
« Mon oncle, lui dit-il, je vous prie de
me donner la main pour m'aider à monter. » Le magicien africain lui dit : « Mon
fils, donnez-moi la lampe auparavant ;
elle pourrait vous embarrasser. » « Pardonnez-moi, mon oncle, reprit Aladdin,
elle ne m'embarrasse pas ; je vous la donnerai dès que je serai monté. » Le magicien africain s'opiniâtra à vouloir qu'Aladdin lui mît la lampe entre les mains avant
de le tirer du caveau; et Aladdin, qui
avait embarrassé cette lampe avec tous
ces fruits dont il s'était garni de tous

côtés, refusa absolument de la donner qu'il ne fût hors du caveau. Alors le magicien africain, au désespoir de la résistance de ce jeune homme, entra dans une furie épouvantable : il jeta un peu de son parfum sur le feu, qu'il avait eu soin d'entretenir ; et à peine eut-il prononcé deux paroles magiques, que la pierre qui servait à fermer l'entrée du caveau se remit d'elle-même à sa place, avec la terre par-dessus, au même état qu'elle était à l'arrivée du magicien africain et d'Aladdin.

Il est certain que le magicien africain n'était pas frère de Mustafa le tailleur, comme il s'en était vanté, ni par conséquent oncle d'Aladdin. Il était véritablement d'Afrique, et il y était né; et comme l'Afrique est un pays où l'on est plus entêté de la magie que partout ailleurs, il s'y était appliqué dès sa jeunesse; et après quarante années ou environ d'enchantemens, d'opérations, de géomance, de suffumigations et de lecture de livres de magie, il était enfin parvenu à découvrir qu'il y avait dans le monde une lampe merveilleuse, dont la possession le ren-

drait plus puissant qu'aucun monarque
de l'univers, s'il pouvait en devenir le
possesseur. Par une dernière opération de
géomance, il avait connu que cette lampe
était dans un lieu souterrain au milieu de
la Chine, à l'endroit et avec toutes les
circonstances que nous venons de voir.
Bien persuadé de la vérité de cette dé-
couverte, il était parti de l'extrémité de
l'Afrique, comme nous l'avons dit, et
après un voyage long et pénible, il était
arrivé à la ville qui était si voisine du
trésor; mais quoique la lampe fût certainement dans le lieu dont il avait connaissance, il ne lui était pas permis, néanmoins de l'enlever lui-même, ni d'entrer
en personne dans le lieu souterrain où
elle était: il fallait qu'un autre y descendît, l'allât prendre, et la lui mît entre les
mains. C'est pourquoi il s'était adressé à
Aladdin, qui lui avait paru un jeune enfant sans conséquence, et très-propre à
lui rendre ce service qu'il attendait de
lui, bien résolu, dès qu'il aurait la lampe
dans ses mains, de faire la dernière suffu-
migation que nous avons dite, et de pro-

noncer les deux paroles magiques qui devaient faire l'effet que nous avons vu, et
sacrifier le pauvre Aladdin à son avarice
et à sa méchanceté, afin de n'en avoir pas
de témoin. Le soufflet donné à Aladdin,
et l'autorité qu'il avait prise sur lui, n'a-
vaient pour but que de l'accoutumer à le
craindre et à lui obéir exactement, afin
que lorsqu'il lui demanderait cette fa-
meuse lampe magique, il la lui donnât
aussitôt; mais il lui arriva tout le contraire de ce qu'il s'était proposé. Enfin il
n'usa de sa méchanceté avec tant de précipitation, pour perdre le pauvre Aladdin,
que parce qu'il craignit que s'il contestait
plus long-temps avec lui, quelqu'un ne
vînt à les entendre, et ne rendît public
ce qu'il voulait tenir très-caché.

Quand le magicien africain vit ses
grandes et belles espérances échouées à
n'y revenir jamais, il n'eut pas d'autre
parti à prendre que celui de retourner
en Afrique; c'est ce qu'il fit le même jour.
Il prit sa route par des détours, pour
ne pas rentrer dans la ville d'où il était
sorti avec Aladdin. Il avait à craindre,

en effet, d'être observé par plusieurs
personnes qui pouvaient l'avoir vu se
promener avec cet enfant, et revenir
sans lui.

Selon toutes les apparences, on ne
devait plus entendre parler d'Aladdin;
mais celui-là même qui avait cru le perdre pour jamais, n'avait pas fait attention qu'il lui avait mis au doigt un anneau
qui pouvait servir à le sauver. En effet,
ce fut cet anneau qui fut cause du salut
d'Aladdin, qui n'en savait nullement la
vertu; et il est étonnant que cette perte,
jointe à celle de la lampe, n'ait pas
jeté ce magicien dans le dernier désespoir. Mais les magiciens sont si accoutumés aux disgrâces et aux événemens
contraires à leur souhait, qu'ils ne ces-
sent, tant qu'ils vivent, de se repaître
de fumée, de chimères et de visions.

Aladdin, qui ne s'attendait pas à la
méchanceté de son faux oncle, après les
caresses et le bien qu'il lui avait faits,
fut dans un étonnement qu'il est plus
aisé d'imaginer que de représenter par
des paroles. Quand il se vit enterré tout

vif, il appela mille fois son oncle, en criant qu'il était prêt à lui donner la lampe ; mais ses cris étaient inutiles ; et il n'y avait plus moyen d'être entendu ; ainsi il demeura dans les ténèbres et dans l'obscurité. Enfin , après avoir donné quelque relâche à ses larmes, il descendit jusqu'au bas de l'escalier du caveau pour aller chercher la lumière dans le jardin où il avait déjà passé ; mais le mur , qui s'était ouvert par enchantement, s'était refermé et rejoint par un autre enchantement. Il tâtonne devant lui à droite et à gauche par plusieurs fois, et il ne trouve plus de porte : il redouble ses cris et ses pleurs ; et il s'asseoit sur les degrés du caveau , sans espoir de revoir jamais la lumière, et avec la triste certitude, au contraire, de passer des ténèbres où il était dans celles d'une mort prochaine.

Aladdin demeura deux jours en cet état, sans manger et sans boire : le troisième jour enfin, en regardant la mort comme inévitable, il éleva les mains en les joignant ; et avec une résignation

entière à la volonté de Dieu, il s'écria :
« *Il n'y a de force et de puissance*
qu'en Dieu , le haut , le grand ! »

Dans cette action de mains jointes ,
il frotta , sans y penser , l'anneau que
le magicien africain lui avait mis au doigt,
et dont il ne connaissait pas encore la
vertu. Aussitôt un Génie d'une figure
énorme et d'un regard épouvantable ,
s'éleva devant lui comme de dessous
terre , jusqu'à ce qu'il atteignît de la
tête à la voûte , et dit à Aladdin ces
paroles :

« *Que veux-tu ? Me voici prêt à*
t'obéir comme ton esclave, et l'esclave
de tous ceux qui ont l'anneau au doigt,
moi et les autres esclaves de l'anneau. »

En tout autre temps et en toute autre
occasion, Aladdin, qui n'était pas accoutumé à de pareilles visions , eût pu
être saisi de frayeur, et perdre la parole à la vue d'une figure si extraordinaire ; mais occupé uniquement du danger présent où il était, il répondit sans
hésiter : « Qui que tu sois, fais-moi sortir
de ce lieu , si tu en as le pouvoir. »

A peine eut-il prononcé ces paroles, que
la terre s'ouvrit, et qu'il se trouva hors
du caveau, et à l'endroit justement où
le magicien l'avait amené.

On ne trouvera pas étrange qu'Aladdin,
qui était demeuré si long-temps dans les
ténèbres les plus épaisses, ait eu d'abord
de la peine à soutenir le grand jour :
il y accoutuma ses yeux peu à peu ; et
en regardant autour de lui, il fut fort
surpris de ne pas voir d'ouverture sur
la terre. Il ne put comprendre de quelle
manière il se trouvait si subitement hors
de ses entrailles ; il n'y eut que la place
où les broussailles avaient été allumées,
qui lui fit reconnaître à peu près où
était le caveau. Ensuite, en se tournant
du côté de la ville ; il l'aperçut au
milieu des jardins qui l'environnaient :
il reconnut le chemin par où le magicien africain l'avait amené. Il le reprit
en rendant grâces à Dieu de se revoir
une autre fois au monde, après avoir
désespéré d'y revenir jamais. Il arriva
jusqu'à la ville, et se traîna chez lui
avec bien de la peine. En entrant chez

sa mère, la joie de la revoir, jointe à
la faiblesse dans laquelle il était de n'a-
voir pas mangé depuis près de trois jours,
lui causèrent un évanouissement qui dura
quelque temps. Sa mère, qui l'avait déjà
pleuré comme perdu ou comme mort,
en le voyant en cet état, n'oublia aucun
de ses soins pour le faire revenir. Il revint enfin de son évanouissement ; et
les premières paroles qu'il prononça,
furent celles-ci : « Ma mère, avant toute
chose, je vous prie de me donner à manger ; il y a trois jours que je n'ai pris
quoi que ce soit. « Sa mère lui apporta
ce qu'elle avait; et en le mettant devant
lui : mon fils , lui dit-elle, ne vous
pressez pas, cela est dangereux : man-
gez peu à peu et à votre aise, et mé-
nagez-vous dans le grand besoin que
vous en avez. Je ne veux pas même
que vous me parliez : vous aurez assez
de temps pour me raconter ce qui
vous est arrivé, quand vous serez bien
rétabli. Je suis toute consolée de vous
revoir, après l'affliction où je me suis
trouvée depuis vendredi, et toutes les

peines que je me suis données pour apprendre ce que vous étiez devenu , dès
que j'eus vu qu'il était nuit et que vous
n'étiez pas revenu à la maison. »

Aladdin suivit le conseil de sa mère ;
il mangea tranquillement et peu à peu ,
et il but à proportion. Quand il eut
achevé : « Ma mère , dit-il , j'aurais de
grandes plaintes à vous faire sur ce que
vous m'avez abandonné avec tant de facilité à la discrétion d'un homme qui avait
le dessein de me perdre, et qui tient, à
l'heure que je vous parle , ma mort si
certaine, qu'il ne doute pas , ou que je
ne sois plus en vie, ou que je ne doive
la perdre au premier jour ; mais vous
avez cru qu'il était mon oncle , et je
l'ai cru comme vous. Eh! pouvions-nous
avoir d'autre pensée d'un homme qui
m'accablait de caresses et de biens , et
qui me faisait tant d'autres promesses
avantageuses ? Sachez , ma mère , que
ce n'est qu'un traître, un méchant, un
fourbe. Il ne m'a fait tant de bien et
tant de promesses, qu'afin d'arriver au
but qu'il s'était proposé, de me perdre,

comme je l'ai dit, sans que ni vous ni moi nous puissions en deviner la cause. De mon côté, je puis assurer que je ne lui ai donné aucun sujet qui méritât le moindre mauvais traitement. Vous le comprendrez vous-même par le récit fidèle que vous allez entendre de tout ce qui s'est passé depuis que je me suis séparé de vous, jusqu'à l'exécution de son pernicieux dessein. »

Aladdin commença à raconter à sa mère tout ce qui lui était arrivé avec le magicien, depuis le vendredi qu'il était venu le prendre pour le mener avec lui voir les palais et les jardins qui étaient hors de la ville ; ce qui lui arriva dans le chemin, jusqu'à l'endroit des deux montagnes où se devait opérer le grand prodige du magicien ; comment, avec un parfum jeté dans le feu, et quelques paroles magiques, la terre s'était ouverte en un instant, et avait fait voir l'entrée d'un caveau qui conduisait à un trésor inestimable. Il n'oublia pas le soufflet qu'il avait reçu du magicien, et de quelle manière, après s'être un peu radouci,

il l'avait engagé, par de grandes promesses, et en lui mettant son anneau
au doigt, à descendre dans le caveau. Il
n'omit aucune circonstance de tout ce
qu'il avait vu en passant et en repas-
sant dans les trois salles, dans le jardin, et sur la terrasse où il avait pris
la Lampe Merveilleuse, qu'il montra à
sa mère en la retirant de son sein, aussi
bien que les fruits transparens et de différentes couleurs qu'il avait cueillis dans
le jardin en s'en retournant, auxquels
il joignit deux bourses pleines qu'il donna
à sa mère, et dont elle fit peu de cas.
Ces fruits étaient cependant des pierres
précieuses : l'éclat, brillant comme le
soleil, qu'ils rendaient à la faveur d'une
lampe qui éclairait la chambre, devait
faire juger de leur grand prix : mais la
mère d'Aladdin n'avait pas sur cela plus
de connaissance que son fils : elle avait
été élevée dans une condition très-mé-
diocre, et son mari n'avait pas eu assez
de biens pour lui donner de ces sortes
de pierreries. D'ailleurs, elle n'en avait
jamais vu à aucune de ses parentes ni

de ses voisines : ainsi il ne faut pas s'étonner si elle ne les regarda que comme des choses de peu de valeur, et bonnes tout au plus à récréer la vue par la variété de leurs couleurs ; ce qui fit qu'Aladdin les mit derrière un des coussins du sofa sur lequel il était assis. Il acheva le récit de son aventure, en lui disant que quand il fut revenu, et qu'il se fut présenté à l'entrée du caveau, et prêt à en sortir, sur le refus qu'il avait fait au magicien de lui donner la lampe qu'il voulait avoir, l'entrée du caveau s'était refermée en un instant par la force du parfum que le magicien avait jeté sur le feu, qu'il n'avait pas laissé éteindre, et des paroles qu'il avait prononcées. Mais il n'en put dire davantage sans verser des larmes en lui représentant l'état malheureux où il s'était trouvé lorsqu'il s'était vu enterré tout vivant dans le fatal caveau, jusqu'au moment qu'il en était sorti, et que, pour ainsi dire, il était revenu au monde par l'attouchement de son anneau, dont il ne connaissait pas encore la vertu.

Quand il eut fini ce récit : « Il n'est pas nécessaire de vous en dire davantage, dit-il à sa mère ; le reste vous est connu. Voilà enfin qu'elle a été mon aventure, et quel est le danger que j'ai couru depuis que vous ne m'avez vu. »

La mère d'Aladdin eut la patience d'entendre, sans l'interrompre, ce récit merveilleux et surprenant, et en même temps si affligeant pour une mère qui aimait son fils tendrement, malgré ses défauts. Dans les endroits néanmoins les plus touchans, et qui faisaient connaître davantage la perfidie du magicien africain, elle ne put s'empêcher de faire paraître combien elle le détestait, par les marques de son indignation ; mais dès qu'Aladdin eut achevé, elle se déchaîna en mille injures contre cet imposteur : elle l'appela traître, perfide, barbare, assassin, trompeur, magicien, ennemi et destructeur du genre humain. « Oui, mon fils, ajouta-t-elle, c'est un magicien, et les magiciens sont des pestes publiques ; ils ont commerce avec les démons par leurs enchantemens et par

leurs sorcelleries. Béni soit Dieu , qui
n'a pas voulu que sa méchanceté insigne
eût son effet entier contre vous ! Vous
devez bien le remercier de la grâce qu'il
vous a faite ! La mort vous était inévitable, si vous ne vous fussiez souvenu
de lui , et que vous n'eussiez imploré
son secours. » Elle dit encore beaucoup
de choses, en détestant toujours la tra-
hison que le magicien avait faite à son
fils ; mais en parlant, elle s'aperçut
qu'Aladdin, qui n'avait pas dormi depuis trois jours, avait besoin de repos.
Elle le fit coucher ; et peu de temps
après elle se coucha aussi.

Aladdin, qui n'avait pris aucun repos
dans le lieu souterrain où il avait été
enseveli à dessein qu'il y perdît la vie,
dormit toute la nuit d'un profond sommeil, et ne se réveilla le lendemain que
fort tard : il se leva ; et la première
chose qu'il dit à sa mère, ce fut qu'il
avait besoin de manger, et qu'elle ne
pouvait lui faire un plus grand plaisir
que de lui donner à déjeuner. « Hélas,
mon fils ! lui répondit sa mère, je n'ai

pas seulement un morceau de pain à vous donner ; vous mangeâtes hier au soir le peu de provisions qu'il y avait dans la maison : mais donnez-vous un peu de patience, je ne serai pas long-temps à vous en apporter. J'ai un peu de fil de coton de mon travail ; je vais le vendre, afin de vous acheter du pain et quelque chose pour notre dîner. » « Ma mère, reprit Aladdin, réservez votre fil de coton pour une autre fois, et donnez-moi la lampe que j'apportai hier ; j'irai la vendre, et l'argent que j'en aurai servira à nous avoir de quoi déjeuner et dîner, et peut-être de quoi souper. »

La mère d'Aladdin prit la lampe où elle l'avait mise. « La voilà, dit-elle à son fils ; mais elle est bien sale ; pour peu qu'elle soit nettoyée, je crois qu'elle en vaudra quelque chose davantage. » Elle prit de l'eau et un peu de sable fin pour la nettoyer ; mais à peine eut-elle commencé à frotter cette lampe, qu'en un instant, en présence de son fils, un Génie hideux et d'une grandeur

gigantesque s'éleva , parut devant elle
et lui dit d'une voix tonnante :

« *Que veux-tu ? Me voici prêt à
t'obéir comme ton esclave, et de tous
ceux qui ont la lampe à la main, moi
avec les autres esclaves de la lampe !* »

La mère d'Aladdin n'était pas en état
de répondre : sa vue n'avait pu soutenir la
figure hideuse et épouvantable du Génie ;
et sa frayeur avait été si grande dès les
premières paroles qu'il avait prononcées,
qu'elle était tombée évanouie.

Aladdin, qui avait déjà eu une apparition à peu près semblable dans le caveau,
sans perdre le temps ni le jugement, se
saisit promptement de la lampe, et en
suppléant au défaut de sa mère, il répondit pour elle d'un ton ferme : « J'ai faim,
dit-il au Génie; apporte-moi de quoi
manger.» Le Génie disparut, et un instant
après il revint chargé d'un grand bassin
d'argent qu'il portait sur sa tête, avec
douze plats couverts de même métal,
pleins d'excellens mets arrangés dessus,
avec six grands pains blancs comme neige
sur les plats, deux bouteilles de vin exquis,

et deux tasses d'argent à la main. Il posa
le tout sur le sofa, et aussitôt il disparut.

Cela se fit en si peu de temps, que la
mère d'Aladdin n'était pas encore revenue
de son évanouissement quand le Génie disparut pour la seconde fois. Aladdin, qui
avait déjà commencé de lui jeter de l'eau
sur le visage, sans effet, se mit en devoir
de recommencer pour la faire revenir;
mais soit que les esprits qui s'étaient dissipés se fussent enfin réunis, ou que l'odeur
des mets que le Génie venait d'apporter
y eût contribué pour quelque chose, elle
revint dans le moment. « Ma mère, lui dit
Aladdin, cela n'est rien; levez-vous, et
venez manger : voici de quoi vous remettre le cœur, et en même temps de
quoi satisfaire au grand besoin que j'ai de
manger. Ne laissons pas refroidir de si
bons mets, et mangeons. »

La mère d'Aladdin fut extrêmement
surprise quand elle vit le grand bassin,
les douze plats, les six pains, les deux bouteilles et les deux tasses, et qu'elle sentit
l'odeur délicieuse qui s'exhalait de tous
ces plats. « Mon fils, demanda-t-elle à

Aladdin, d'où nous vient cette abondance, et à qui sommes-nous redevables d'une si grande libéralité ? Le Sultan aurait-il eu connaissance de notre pauvreté, et aurait-il eu compassion de nous ? » « Ma mère, reprit Aladdin, mettons-nous à table et mangeons ; vous en avez besoin aussi bien que moi : je vous dirai ce que vous me demandez quand nous aurons déjeuné. » Ils se mirent à table, et ils mangèrent avec d'autant plus d'appétit, que la mère et le fils ne s'étaient jamais trouvés à une table si bien fournie.

Pendant le repas, la mère d'Aladdin ne pouvait se lasser de regarder et d'admirer le bassin et les plats, quoiqu'elle ne sût pas trop distinctement s'ils étaient d'argent ou d'une autre matière, tant elle était peu accoutumée à en voir de pareils ; et, à proprement parler, sans avoir égard à leur valeur, qui lui était inconnue, il n'y avait que la nouveauté qui la tenait en admiration, et son fils Aladdin n'en avait pas plus de connaissance qu'elle.

Aladdin et sa mère, qui ne croyaient faire qu'un simple déjeuner, se trouvèrent

encore à table à l'heure du dîner : des mets
si excellens les avaient mis en appétit ; et
pendant qu'ils étaient chauds, ils crurent
qu'ils ne feraient pas mal de joindre les
deux repas ensemble, et de n'en pas faire
à deux fois. Le double repas étant fini, il
leur resta non-seulement de quoi souper,
mais même assez de quoi en faire deux
autres repas aussi forts le lendemain.

Quand la mère d'Aladdin eut desservi
et mis à part les viandes auxquelles ils
n'avaient pas touché, elle vint s'asseoir
sur le sofa auprès de son fils. « Aladdin,
lui dit-elle, j'attends que vous satisfassiez
à l'impatience où je suis d'entendre le récit
que vous m'avez promis. » Aladdin lui
raconta exactement tout ce qui s'était
passé entre le Génie et pendant son évanouissement, jusqu'à ce qu'elle fût revenue à elle.

La mère d'Aladdin était dans un grand
étonnement du discours de son fils et de
l'apparition du Génie. « Mais, mon fils,
reprit-elle, que voulez-vous dire avec vos
Génies ? Jamais, depuis que je suis au
monde, je n'ai entendu dire que personne

de ma connaissance en eût vu. Par quelle aventure ce vilain Génie est-il venu se présenter à moi ? Pourquoi s'est-il adressé à moi, et non pas à vous, à qui il a déjà apparu dans le caveau du trésor ? »

« Ma mère, repartit Aladdin, le Génie qui vient de vous apparaître n'est pas le même qui m'est apparu : ils se ressemblent en quelque manière par leur grandeur de géant ; mais ils sont entièremeut différens par leur mine et par leur habillement : aussi sont-ils à différens maîtres. Si vous vous en souvenez, celui que j'ai vu s'est dit esclave de l'anneau que j'ai au doigt, et celui que vous venez de voir s'est dit esclave de la lampe que vous aviez à la main. Mais je ne crois pas que vous l'ayez entendu : il me semble en effet que vous vous êtes évanouie dès qu'il a commencé à parler. »

« Quoi ! s'écria la mère d'Aladdin ; c'est donc votre lampe qui est cause que ce mauvais Génie s'est adressé à moi plutôt qu'à vous ? Ah, mon fils ! ôtez-la de devant mes yeux, et la mettez où il vous plaira ; je ne veux plus y toucher. Je con-

sens plutôt qu'elle soit jetée ou vendue ,
que de courir le risque de mourir de
frayeur en la touchant. Si vous me croyez,
vous vous déferez aussi de l'anneau. Il ne
faut pas avoir commerce avec des Génies :
ce sont des démons, et notre prophète
l'a dit. »

« Ma mère, avec votre permission , reprit Aladdin , je me garderai bien présentement de vendre, comme j'étais près de
le faire tantôt, une lampe qui va nous être
si utile à vous et à moi. Ne voyez-vous
pas ce qu'elle vient de nous procurer ? Il
faut qu'elle continue de nous fournir de
quoi nous nourrir et nous entretenir. Vous
devez juger comme moi que ce n'était pas
sans raison que mon faux et méchant oncle
s'était donné tant de mouvement , et avait
entrepris un si long et pénible voyage ,
puisque c'était pour parvenir à la possession de cette Lampe Merveilleuse, qu'il
avait préférée à tout l'or et l'argent qu'il
savait être dans les salles , et que j'ai vu
moi-même comme il m'en avait averti. Il
savait trop bien le mérite et la valeur de

cette lampe, pour ne demander autre
chose d'un trésor si riche. Puisque le hasard nous en a fait découvrir la vertu, fai-
sons-en un usage qui nous soit profitable,
mais d'une manière qui soit sans éclat, et
qui ne nous attire pas l'envie et la jalousie
de nos voisins. Je veux bien l'ôter de devant vos yeux, et la mettre dans un lieu
où je la trouverai quand il en sera besoin,
puisque les Génies vous font tant de frayeur.
Pour ce qui est de l'anneau, je ne saurais
aussi me résoudre à le jeter : sans cet anneau, vous ne m'eussiez jamais revu ; et si
je vivais à l'heure qu'il est, ce ne serait
peut-être que pour peu de momens. Vous
me permettrez donc de le garder, et de le
porter toujours au doigt bien précieusement. Qui sait s'il ne m'arrivera pas quelqu'autre danger que nous ne pouvons pré-
voir ni vous ni moi, dont il pourra me délivrer ? » Comme le raisonnement d'A-
laddin paraissait assez juste, sa mère n'eut
rien à répliquer. « Mon fils, lui dit-elle,
vous pouvez faire comme vous l'entendrez;
pour moi, je ne voudrais pas avoir à faire

avec des Génies. Je vous déclare que je m'en lave les mains, et que je ne vous en parlerai pas d'avantage. »

Le lendemain au soir, après le souper, il ne resta rien de la bonne provision que le Génie avait apportée. Le jour suivant, Aladdin, qui ne voulait pas attendre que la faim le pressât, prit un des plats d'argent sous sa robe, et sortit du matin pour l'aller vendre. Il s'adressa à un juif qu'il rencontra dans son chemin ; il le tira à l'écart ; et, en lui montrant le plat, il lui demanda s'il voulait l'acheter.

Le juif, rusé et adroit, prend le plat, l'examine ; et il n'eut pas plutôt connu qu'il était de bon argent, qu'il demanda à Aladdin combien il l'estimait. Aladdin, qui n'en connaissait pas la valeur, et qui n'avait jamais fait commerce de cette marchandise, se contenta de lui dire qu'il savait bien lui-même ce que ce plat pouvait valoir, et qu'il s'en rapportait à sa bonne foi. Le juif se trouva embarrassé de l'ingénuité d'Aladdin. Dans l'incertitude où il était de savoir si Aladdin en connaissait la matière et la valeur, il tira de sa bourse

une pièce d'or, qui ne faisait au plus que
la soixante-deuxième partie de la valeur
du plat, et il la lui présenta. Aladdin prit
la pièce avec un grand empressement; et
dès qu'il l'eut dans la main, il se retira
si promptement, que le juif, non content
du gain exorbitant qu'il faisait par cet
achat, fut bien fâché de n'avoir pas pénétré qu'Aladdin ignorait le prix de ce
qu'il lui avait vendu, et qu'il aurait pu
lui en donner beaucoup moins. Il fut sur
le point de courir après le jeune homme,
pour tâcher de retirer quelque chose de
sa pièce d'or; mais Aladdin courait, et il
était déjà si loin, qu'il aurait eu de la
peine à le joindre.

Aladdin, s'en retournant chez sa mère,
s'arrêta à la boutique d'un boulanger, chez
qui il fit la provision de pain pour sa
mère et pour lui, et qu'il paya sur sa
pièce d'or, que le boulanger lui changea.
En arrivant, il donna le reste à sa mère,
qui alla au marché acheter les provisions
nécessaires pour vivre tous les deux pendant quelques jours.

Ils continuèrent ainsi à vivre de ménage,

c'est-à-dire qu'Aladdin vendit tous les plats au juif, l'un après l'autre, jusqu'au douzième, de la même manière qu'il avait fait du premier, à mesure que l'argent venait à manquer dans la maison. Le juif, qui avait donné une pièce d'or du premier, n'osa lui offrir moins des autres, de crainte de perdre une si bonne aubaine ; il les paya tous sur le même pied. Quand l'argent du dernier plat fut dépensé, Aladdin eut recours au bassin, qui pesait lui seul dix fois autant que chaque plat. Il voulut le porter à son marchand ordinaire ; mais son grand poids l'en empêcha. Il fut donc obligé d'aller chercher le juif, qu'il amena chez sa mère ; et le juif, après avoir examiné le poids du bassin, lui compta sur-le-champ dix pièces d'or, dont Aladdin se contenta.

Tant que les dix pièces d'or durèrent, elles furent employées à la dépense journalière de la maison. Aladdin, cependant, accoutumé à une vie oisive, s'était abstenu de jouer avec les jeunes gens de son âge, depuis son aventure avec le magi-

cien africain. Il passait les journées à se
promener, ou à s'entretenir avec des gens
avec lesquels il avait fait connaissance.
Quelquefois il s'arrêtait dans les boutiques
de gros marchands, où il prêtait l'oreille
aux entretiens de gens de distinction qui s'y
arrêtaient ou qui s'y trouvaient comme à
une espèce de rendez-vous; et ces entretiens peu à peu lui donnèrent quelque
teinture de la connaissance du monde.

Quand il ne resta plus rien des dix
pièces d'or, Aladdin eut recours à la
lampe; il la prit à la main, chercha le
même endroit que sa mère avait touché;
et comme il l'eut reconnu à l'impression
que le sable y avait laissée, il la frotta
comme elle avait fait; et aussitôt le même
Génie qui s'était déjà fait voir se présenta
devant lui; mais comme Aladdin avait
frotté la lampe plus légèrement que sa
mère, il lui parla aussi d'un ton plus radouci :

« *Que veux-tu ?* lui dit-il dans les
mêmes termes qu'auparavant ; *me voici
prêt à t'obéir comme ton esclave, et de*

tous ceux qui ont la lampe à la main ;
moi et les autres esclaves de la lampe ,
comme moi !

Aladdin lui dit : « J'ai faim, apporte-
moi de quoi manger. » Le Génie disparut ; et, peu de temps après, il reparut,
chargé d'un service de table pareil à celui
qu'il avait apporté la première fois ; il le
posa sur le sofa, et dans le moment
il disparut.

La mère d'Aladdin , avertie du dessein
de son fils , était sortie exprès pour quelque affaire , afin de ne pas se trouver dans
la maison dans le temps de l'apparition du
Génie. Elle rentra peu de temps après,
vit la table et le buffet très-bien garnis,
et demeura presqu'aussi surprise de l'effet
prodigieux de la lampe , qu'elle l'avait
été la première fois. Aladdin et sa mère
se mirent à table ; et, après le repas, il
leur resta de quoi vivre largement les deux
jours suivans.

Dès qu'Aladdin vit qu'il n'y avait plus
dans la maison ni pain , ni autres provisions, ni argent pour en avoir , il prit un
plat d'argent , et alla chercher le juif qu'il

connaissait, pour le lui vendre. En y allant, il passa devant la boutique d'un orfévre respectable par sa vieillesse, honnête homme et d'une grande probité.
L'orfévre, qui l'aperçut, l'appela et le fit
entrer : « Mon fils, lui dit-il, je vous ai
déjà vu passer plusieurs fois, chargé comme
vous l'êtes à présent, vous joindre à un tel
juif, et repasser peu de temps après sans
être chargé. Je me suis imaginé que vous lui
vendez ce que vous portez. Mais vous ne
savez peut-être pas que ce juif est un trompeur, et même plus trompeur que les autres juifs, et que personne, de ceux qui le
connaissent, ne veut avoir affaire à lui.
Au reste, ce que je vous dis ici n'est que
pour vous faire plaisir ; si vous voulez me
montrer ce que vous portez présentement,
et qu'il soit à vendre, je vous en donnerai fidèlement son juste prix, si cela
me convient ; sinon, je vous adresserai à
d'autres marchands qui ne vous trompe-
ront pas. »

L'espérance de faire plus d'argent du
plat, fit qu'Aladdin le tira de dessous sa
robe, et le montra à l'orfévre. Le vieil-

lard, qui connut d'abord que le plat était
d'argent fin, lui demanda s'il en avait
vendu de semblables au juif, et combien
celui-ci les lui avait payés. Aladdin lui
dit naïvement qu'il en avait vendu douze,
et qu'il n'avait reçu du juif qu'une pièce
d'or de chacun. « Ah, le voleur ! s'écria
l'orfévre. Mon fils, ajouta-t-il, ce qui est
fait est fait, il n'y faut plus penser ; mais
en vous faisant voir ce que vaut votre plat,
qui est du meilleur argent dont nous nous
servions dans nos boutiques, vous con-
naîtrez combien le juif vous a trompé. »

L'orfévre prit la balance ; il pesa le
plat ; et après avoir expliqué à Aladdin
ce que c'était qu'un marc d'argent, combien il valait, et ses subdivisions, il lui
fit remarquer que, suivant le poids du
plat, il valait soixante-douze pièces d'or,
qu'il lui compta sur-le-champ en espèces.
« Voilà, dit-il, la juste valeur de votre
plat. Si vous en doutez, vous pouvez vous
adresser à celui de nos orfévres qu'il
vous plaira ; et s'il vous dit qu'il vaut davantage, je vous promets de vous en payer
le double. Nous ne gagnons que la façon

de l'argenterie que nous achetons; c'est ce que les juifs les plus équitables ne font pas. »

Aladdin remercia bien fort l'orfèvre du bon conseil qu'il venait de lui donner, et dont il tirait déjà un si grand avantage. Dans la suite, il ne s'adressa plus qu'à lui pour vendre les autres plats, aussi bien que le bassin, dont la juste valeur lui fut toujours payée à proportion de son poids.

Quoiqu'Aladdin et sa mère eussent une source intarissable d'argent en leur lampe, pour s'en procurer tant qu'ils voudraient, dès qu'il viendrait à leur manquer, ils continuèrent néanmoins de vivre toujours avec la même frugalité qu'auparavant, à la réserve de ce qu'Aladdin en mettait à part pour s'entretenir honnêtement, et pour se pourvoir des commodités nécessaires dans leur petit ménage. Sa mère, de son côté, ne prenait la dépense de ses habits que sur ce que lui valait le coton qu'elle filait. Avec une conduite si sobre, il est aisé de juger combien de temps l'argent des douze plats et du bassin, selon le prix qu'Aladdin les avait vendus à l'or-

févre, devait leur avoir duré. Ils vécurent
de la sorte pendant quelques années, avec
le secours du bon usage qu'Aladdin faisait
de la lampe de temps en temps.

Dans cette intervalle, Aladdin, qui ne
manquait pas de se trouver avec beaucoup
d'assiduité au rendez-vous des personnes
de distinction dans les boutiques des plus
gros marchands de draps d'or et d'argent,
d'étoffes de soie, de toiles les plus fines,
et de joailleries, et qui se mêlait quelquefois dans leurs conversations, acheva de
se former, et prit insensiblement toutes les
manières du beau monde. Ce fut particulièrement chez les joailliers qu'il fut détrompé de la pensée qu'il avait que les
fruits transparens qu'il avait cueillis dans
le jardin où il était allé prendre la lampe,
n'étaient que du verre coloré, et qu'il apprit que c'étaient des pierres de grand prix.
A force de voir vendre et acheter de toutes
sortes de ces pierreries dans leurs boutiques, il en apprit la connaissance et le
prix ; et comme il n'en voyait pas de pareilles aux siennes, ni en beauté ni en grosseur, il comprit qu'au lieu de morceaux

de verre qu'il avait regardés comme des bagatelles, il possédait un trésor inestimable. Il eut la prudence de n'en parler à personne, pas même à sa mère; et il n'y a pas de doute que son silence ne lui ait valu la haute fortune où nous verrons dans la suite qu'il s'éleva.

Un jour, en se promenant dans un quartier de la ville, Aladdin entendit publier à haute voix un ordre du sultan de fermer les boutiques et les portes des maisons, et de se renfermer chacun chez soi, jusqu'à ce que la princesse Badroulboudour*, fille du sultan, fût passée pour aller au bain, et qu'elle en fût revenue.

Ce cri public fit naître à Aladdin la curiosité de voir la princesse à découvert; mais il ne le pouvait qu'en se mettant dans quelque maison de connaisssance, et à travers d'une jalousie, ce qui ne le contentait pas, parce que la princesse, selon sa coutume, devait avoir un voile sur le visage en allant au bain. Pour se satisfaire, il s'avisa d'un moyen qui lui réussit : il

---

* C'est-à-dire *Pleine lune des pleines lunes.*

alla se placer derrière la porte du bain ;
qui était disposée de manière qu'il ne pouvait manquer de la voir venir en face.

Aladdin n'attendit pas long-temps : la
princesse parut, et il la vit venir au travers
d'une fente assez grande pour voir sans
être vu. Elle était accompagnée d'une
grande foule de ses femmes et d'eunuques
qui marchaient sur les côtés et à sa suite.
Quand elle fut à trois ou quatre pas de la
porte du bain, elle ôta le voile qui lui couvrait le visage, et qui la gênait beaucoup ;
et de la sorte elle donna lieu à Aladdin de
la voir d'autant plus à son aise, qu'elle
venait droit à lui.

Jusqu'à ce moment, Aladdin n'avait pas
vu d'autres femmes le visage découvert
que sa mère, qui était âgée, et qui n'avait
jamais eu d'assez beaux traits pour lui faire
juger que les autres femmes fussent plus
belles. Il pouvait bien avoir entendu dire
qu'il y en avait d'une beauté surprenante ;
mais quelques paroles qu'on emploie pour
relever le mérite d'une beauté, jamais
elles ne font l'impression que la beauté fait
elle-même.

8. Les Mille et une Nuits.   13

Lorsqu'Aladdin eut vu la princesse Badroulboudour, il perdit la pensée qu'il
avait que toutes les femmes dussent res-
sembler à peu près à sa mère ; ses sentimens se trouvèrent bien différens, et son
cœur ne put refuser toutes ses inclinations
à l'objet qui venait de le charmer. En effet,
la princesse était la plus belle brune que
l'on pût voir au monde : elle avait les yeux
grands, à fleur de tête, vifs et brillans, le
regard doux et modeste, le nez d'une
juste proportion et sans défaut, la bouche
petite, les lèvres vermeilles et toutes char-
mantes par leur agréable symétrie ; en un
mot, tous les traits de son visage étaient
d'une régularité accomplie. On ne doit
donc pas s'étonner si Aladdin fut ébloui
et presque hors de lui-même à la vue de
l'assemblage de tant de merveilles qui lui
étaient inconnues. Avec toutes ces perfections, la princesse avait encore une riche
taille, un port et un air majestueux, qui,
à les voir seulement, lui attiraient le respect qui lui était dû.

Quand la princesse fut entrée dans le
bain, Aladdin demeura quelque temps

interdit et comme en extase, en retraçant
et en s'imprimant profondément l'idée
d'un objet dont il était charmé et pénétré
jusqu'au fond du cœur. Il rentra enfin en
lui-même; et en considérant que la princesse était passée, et qu'il garderait inutilement son poste pour la revoir à la sortie
du bain, puisqu'elle devait lui tourner le
dos et être voilée; il prit le parti de l'abandonner et de se retirer.

Aladdin, en rentrant chez lui, ne put
si bien cacher son trouble et son inquiétude, que sa mère ne s'en aperçût.
Elle fut surprise de le voir ainsi triste et
rêveur, contre son ordinaire; elle lui demanda s'il lui était arrivé quelque chose,
ou s'il se trouvait indisposé. Mais Aladdin
ne lui fit aucune réponse, et il s'assit né-
gligemment sur le sofa, où il demeura
dans la même situation, toujours occupé
à se retracer l'image charmante de la princesse Badroulboudour. Sa mère, qui préparait le souper, ne le pressa pas davantage. Quand il fut prêt, elle le servit près
de lui sur le sofa, et se mit à table; mais
comme elle s'aperçut que son fils n'y fai-

sait aucune attention, elle l'avertit de manger, et ce ne fut qu'avec bien de la peine qu'il changea de situation. Il mangea beaucoup moins qu'à l'ordinaire, les yeux toujours baissés, et avec un silence si profond, qu'il ne fut pas possible à sa mère de tirer de lui la moindre parole sur toutes les demandes qu'elle lui fit pour tâcher d'apprendre le sujet d'un changement si extraordinaire.

Après le souper, elle voulut recommencer à lui demander le sujet d'une si grande mélancolie; mais elle ne put en rien savoir, et il prit le parti de s'aller coucher, plutôt que de donner à sa mère la moindre satisfaction sur cela.

Sans examiner comment Aladdin, épris de la beauté et des charmes de la princesse Badroulboudour, passa la nuit, nous remarquerons seulement que le lendemain, comme il était assis sur le sofa, vis-à-vis de sa mère, qui filait du coton à son ordinaire, il lui parla en ces termes : « Ma mère, dit-il, je romps le silence que j'ai gardé depuis hier à mon retour de la ville : il vous a fait de la peine, et je m'en suis bien aperçu. Je n'étais pas malade, comme il m'a paru que vous l'avez cru, et je ne le suis pas encore ; mais je ne puis vous dire ce que je sentais ; et ce que je ne cesse encore de sentir est quelque chose de pire qu'une maladie. Je ne sais pas bien quel est ce mal ; mais je ne doute pas que ce que vous allez entendre ne vous le fasse connaître. On n'a pas su, dans ce quartier, continua Aladdin, et ainsi vous n'avez pu le savoir, qu'hier la princesse Badroulboudour, fille du Sultan, alla au bain l'après-dînée. J'appris cette nouvelle en me promenant par la ville. On publia un ordre de fermer les boutiques et de se retirer chacun chez soi, pour rendre à cette princesse l'honneur qui lui est dû, et lui laisser les chemins libres dans les rues par où elle devait passer. Comme je n'étais pas éloigné du bain, la curiosité de la voir le visage découvert me fit naître la pensée d'aller me placer derrière la porte du bain, en faisant réflexion qu'il pourrait arriver qu'elle ôterait son voile quand elle serait près d'y entrer. Vous savez la disposition de la porte, et vous

pouvez juger vous-même que je devais la
voir à mon aise, si ce que je m'étais imaginé arrivait. En effet, elle ôta son voile
en entrant, et j'eus le bonheur de voir
cette aimable princesse, avec la plus
grande satisfaction du monde. Voilà, ma
mère, le grand motif de l'état où vous
me vîtes hier quand je rentrai, et le sujet
du silence que j'ai gardé jusqu'à présent.
J'aime la princesse d'un amour dont la
violence est telle, que je ne saurais vous
l'exprimer ; et comme ma passion vive et
ardente augmente à tout moment, je sens
qu'elle ne peut être satisfaite que par la
possession de l'aimable princesse Badroulboudour ; ce qui fait que j'ai pris la résolution de la faire demander en mariage
au Sultan. »

La mère d'Aladdin avait écouté le discours de son fils avec assez d'attention
jusqu'à ces dernières paroles ; mais quand
elle eut entendu que son dessein était de
faire demander la princesse Badroulboudour en mariage, elle ne put s'empêcher de
l'interrompre par un grand éclat de rire.
Aladdin voulut poursuivre ; mais en l'in-

terrompant encore : « Eh, mon fils ! lui dit-elle, à quoi pensez-vous ? Il faut que vous ayez perdu l'esprit, pour me tenir un pareil discours ! »

« Ma mère, reprit Aladdin, je puis vous assurer que je n'ai pas perdu l'esprit ; je suis dans mon bon sens. J'ai prévu les reproches de folie et d'extravagance que vous me faites, et ceux que vous pourriez me faire ; mais tout cela ne m'empêchera pas de vous dire encore une fois que ma résolution est prise de faire demander au Sultan la princesse Badroulboudour en mariage. »

« En vérité, mon fils, repartit la mère très-sérieusement, je ne saurais m'empêcher de vous dire que vous vous oubliez entièrement ; et quand même vous voudriez exécuter cette résolution, je ne vois pas par qui vous oseriez faire faire cette demande au Sultan. » « Par vous-même, répliqua aussitôt le fils, sans hésiter. » « Par moi ! s'écria la mère, d'un air de surprise et d'étonnement, et au Sultan ! Ah ! je me garderai bien de m'engager dans une pareille entreprise ! Et qui êtes-

vous, mon fils, continua-t-elle, pour avoir
la hardiesse de penser à la fille de votre
Sultan ? Avez-vous oublié que vous êtes
fils d'un tailleur des moindres de sa capitale, et d'une mère dont les ancêtres
n'ont pas été d'une naissance plus relevée ?
Savez-vous que les Sultans ne daignent pas
donner leurs filles en mariage, même à
des fils de Sultans qui n'ont pas l'espérance de régner un jour comme eux ? »

« Ma mère, répliqua Aladdin, je vous
ai déjà dit que j'ai prévu tout ce que vous
venez de me dire, et je dis la même chose
de tout ce que vous y pourrez ajouter :
vos discours ni vos remontrances ne me
feront pas changer de sentiment. Je vous
ai dit que je ferais demander la princesse
Badroulboudour en mariage par votre en-
tremise : c'est une grâce que je vous demande avec tout le respect que je vous
dois, et je vous supplie de ne me la pas
refuser, à moins que vous n'aimiez mieux
me voir mourir que de me donner la vie
une seconde fois. »

La mère d'Aladdin se trouva fort em-
barrassée quand elle vit l'opiniâtreté avec

laquelle Aladdin persistait dans un dessein si éloigné du bon sens. « Mon fils,
lui dit-elle encore, je suis votre mère;
et comme une bonne mère, qui vous ai
mis au monde, il n'y a rien de raison-
nable ni de convenable avec mon état et au
vôtre, que je ne sois prête à faire pour
l'amour de vous. S'il s'agissait de parler
de mariage pour vous à la fille de quelqu'un de nos voisins, d'une condition pareille ou approchant de la vôtre, je n'ou-
blierais rien, et je m'emploierais de bon
cœur en tout ce qui serait de mon pouvoir; encore, pour y réussir, faudrait-il
que vous eussiez quelques biens ou quelques revenus, ou que vous eussiez un métier. Quand de pauvres gens comme nous
veulent se marier, la première chose à
quoi ils doivent songer, c'est d'avoir de
quoi vivre. Mais, sans faire réflexion sur
la bassesse de votre naissance, sur le peu
de mérite et de biens que vous avez,
vous prenez votre vol jusqu'au plus haut
degré de la fortune, et vos prétentions
ne sont pas moindres que de vouloir demander en mariage et d'épouser la fille

de votre souverain, qui n'a qu'à dire un
mot pour vous précipiter et vous écraser!
Je laisse à part ce qui vous regarde; c'est
à vous à y faire les réflexions que vous
devez, pour peu que vous ayez de bon
sens. Je viens à ce qui me touche. Comment une pensée aussi extraordinaire que
celle de vouloir que j'aille faire la proposition au Sultan de vous donner la
princesse sa fille en mariage; a-t-elle pu
vous venir dans l'esprit? Je suppose que
j'aie, je ne dis pas la hardiesse, mais
l'effronterie d'aller me présenter devant
Sa Majesté pour lui faire une demande si
extravagante, à qui m'adresserai-je pour
m'introduire? Croyez-vous que le premier à qui j'en parlerais, ne me traitât
pas de folle, et ne me chassât pas indi-
gnement, comme je le mériterais? Je suppose encore qu'il n'y ait pas de difficulté
à se présenter à l'audience du Sultan; je
sais qu'il n'y en a pas quand on s'y présente pour lui demander justice, et qu'il
la rend volontiers à ses sujets, quand ils
la lui demandent. Je sais aussi que quand
on se présente à lui pour lui demander

une grâce, il l'accorde avec plaisir, quand
il voit qu'on l'a méritée et qu'on en est
digne. Mais êtes-vous dans ce cas-là? et
croyez-vous avoir mérité la grâce que
vous voulez que je demande pour vous?
En êtes-vous digne? Qu'avez-vous fait
pour votre prince ou pour votre patrie,
en quoi vous êtes-vous distingué? Si vous
n'avez rien fait pour mériter une si grande
grâce, et que d'ailleurs vous n'en soyez
pas digne, avec quel front pourrai-je la
demander? Comment pourrai-je seulement ouvrir la bouche pour la proposer
au Sultan? Sa présence toute majestueuse
et l'éclat de sa Cour me fermeraient la
bouche aussitôt, à moi qui tremblais devant feu mon mari, votre père, quand
j'avais à lui demander la moindre chose.
Il y a une autre raison, mon fis, à quoi
vous ne pensez pas, qui est qu'on ne se
présente pas devant nos Sultans sans un
présent à la main, quand on a quelque
grâce à leur demander. Les présens ont
au moins cet avantage, que s'ils refusent
la grâce, pour les raisons qu'ils peuvent
avoir, ils écoutent au moins la demande

et celui qui la fait sans aucune répugnance. Mais, quel présent avez-vous à faire ? Et quand vous auriez quelque chose qui fût digne de la moindre attention d'un si grand monarque, quelle proportion y aurait-il de votre présent avec la demande que vous voulez lui faire ? Rentrez en vous-même, et songez que vous aspirez à une chose qu'il vous est impossible d'obtenir. »

Aladdin écouta fort tranquillement tout ce que sa mère put lui dire pour tâcher de le détourner de son dessein ; et, après avoir fait réflexion sur tous les points de sa remontrance, il prit enfin la parole, et il lui dit : « J'avoue, ma mère, que c'est une grande témérité à moi d'oser porter mes prétentions aussi loin que je fais, et une grande inconsidération d'avoir exigé de vous, avec tant de chaleur et de promptitude, d'aller faire la proposition de mon mariage au Sultan, sans prendre auparavant les moyens propres à vous procurer une audience et un accueil favorables. Je vous en demande pardon ; mais, dans la violence de la pas-

sion qui me possède, ne vous étonnez
pas si d'abord je n'ai pas envisagé tout
ce qui peut servir à me procurer le repos que je cherche. J'aime la princesse
Badroulboudour au-delà ce que vous
pouvez imaginer, ou plutôt je l'adore,
et je persévère toujours dans le dessein
de l'épouser : c'est une chose arrêtée et
résolue dans mon esprit. Je vous suis
obligé de l'ouverture que vous venez de
me faire : je la regarde comme la première démarche qui doit me procurer
l'heureux succès que je me promets. Vous
me dites que ce n'est pas la coutume de
se présenter devant le Sultan sans un présent à la main, et que je n'ai rien qui
soit digne de lui. Je tombe d'accord du
présent, et je vous avoue que je n'y avais
pas pensé. Mais quant à ce que vous
me dites, que je n'ai rien qui puisse lui
être présenté, croyez-vous, ma mère,
que ce que j'ai apporté le jour que je fus
délivré d'une mort inévitable de la manière que vous savez, ne soit pas de quoi
faire un présent très-agréable au Sultan ?
Je parle de ce que j'ai apporté dans les

deux bourses et dans ma ceinture, et que
nous avons pris, vous et moi, pour des
verres colorés; mais à présent, je suis
détrompé, et je vous apprends, ma mère,
que ce sont des pierreries d'un prix inestimable, qui ne conviennent qu'à de grands
monarques. J'en ai connu le mérite en
fréquentant les boutiques de joailliers;
et vous pouvez m'en croire sur ma parole.
Toutes celles que j'ai vues chez nos marchands joailliers ne sont pas compa-
rables à celles que nous possédons, ni en
grosseur, ni en beauté; et cependant,
ils les font monter à des prix excessifs. A
la vérité, nous ignorons, vous et moi,
le prix des nôtres. Quoi qu'il en puisse
être, autant que je puisse en juger par le
peu d'expérience que j'en ai, je suis persuadé que le présent ne peut être que
très-agréable au Sultan. Vous avez une
porcelaine assez grande et d'une forme
très-propre pour les contenir; apportez-
la, et voyons l'effet qu'elles feront quand
nous les y aurons arrangées selon leurs
différentes couleurs. »

La mère d'Aladdin apporta la porce-

laine, et Aladdin tira les pierreries des
deux bourses, et les arrangea dans la porcelaine. L'effet qu'elles firent au grand
jour, par la variété de leurs couleurs, par
leur éclat et par leur brillant, fut tel, que
la mère et le fils en demeurèrent presque éblouis : ils en furent dans un grand
étonnement, car ils ne les avaient vues
l'un et l'autre qu'à la lumière d'une lampe.
Il est vrai qu'Aladdin les avait vues chacune sur leur arbre, comme des fruits qui
devaient faire un spectacle ravissant; mais
comme il était encore enfant, il n'avait
regardé ces pierreries que comme des bi-
joux propres à jouer ; et il ne s'en était
chargé que dans cette vue, et sans autre
connaissance.

Après avoir admiré quelque temps la
beauté du présent, Aladdin reprit la parole : « Ma mère, dit-il, vous ne vous ex-
cuserez plus d'aller vous présenter au Sultan, sous prétexte de n'avoir pas un présent à lui faire : en voilà un, ce me semble,
qui fera que vous serez reçue avec un
accueil des plus favorables. »

Quoique la mère d'Aladdin, nonobs-

tant la beauté et l'éclat du présent, ne
le crût pas d'un prix aussi grand que son
fils l'estimait, elle jugea néanmoins qu'il
pouvait être agréé, et elle sentait bien
qu'elle n'avait rien à lui répliquer sur ce
sujet; mais elle en revenait toujours à la
demande qu'Aladdin voulait qu'elle fît au
Sultan, à la faveur du présent; cela l'in-
quiétait toujours fortement. « Mon fils,
lui disait-elle, je n'ai pas de peine à con-
cevoir que le présent fera son effet, et
que le Sultan voudra bien me regarder
de bon œil; mais quand il faudra que je
m'acquitte de la demande que vous voulez
que je lui fasse, je sens bien que je n'en
aurai pas la force, et que je demeurerai
muette. Ainsi, non-seulement j'aurai perdu
mes pas, mais même le présent, qui, selon vous, est d'une richesse si extraordinaire, et je reviendrai avec confusion
vous annoncer que vous êtes frustré de
votre espérance. Je vous l'ai déjà dit, et
vous devez croire que cela arrivera ainsi.
Mais, ajouta-t-elle, je veux que je me
fasse violence pour me soumettre à votre
volonté, et que j'aie assez de force pour

oser faire la demande que vous voulez que je fasse : il arrivera très-certainement ou que le Sultan se moquera de moi, et me renverra comme une folle, ou qu'il se mettra dans une juste colère, dont immanquablement nous serons, vous et moi, les victimes. »

La mère d'Aladdin dit encore à son fils plusieurs autres raisons pour tâcher de le faire changer de sentiment ; mais les charmes de la princesse Badroulboudour avaient fait une impression trop forte dans son cœur pour le détourner de son dessein. Aladdin persista à exiger de sa mère qu'elle exécutât ce qu'elle avait résolu ; et autant par la tendresse qu'elle avait pour lui, que par la crainte qu'il ne s'abandonnât à quelque extrémité fâcheuse, elle vainquit sa répugnance, et elle condescendit à la volonté de son fils.

Comme il était trop tard, et que le temps d'aller au palais pour se présenter au Sultan ce jour-là était passé, la chose fut remise au lendemain. La mère et le fils ne s'entretinrent d'autre chose le reste de la journée ; et Aladdin prit un grand

soin d'inspirer à sa mère tout ce qui lui
vint dans la pensée pour la confirmer dans
la parti qu'elle avait enfin accepté d'aller
se présenter au Sultan. Malgré toutes les
raisons du fils, la mère ne pouvait se persuader qu'elle pût jamais réussir dans
cette affaire ; et véritablement il faut
avouer qu'elle avait tout lieu d'en douter.
« Mon fils, dit-elle à Aladdin, si le Sultan me reçoit aussi favorablement que je
le souhaite pour l'amour de vous , s'il
écoute tranquillement la proposition que
vous voulez que je lui fasse ; mais si, après
ce bon accueil il s'avise de me demander
où sont vos biens, vos richesses, et vos
Etats , car c'est de quoi il s'informera
avant toutes choses, plutôt que de votre
personne ; si, dis-je, il me fait cette demande, que voulez-vous que je lui réponde? »

« Ma mère, répondit Aladdin, ne nous
inquiétons point par avance d'une chose
qui peut-être n'arrivera pas. Voyons premièrement l'accueil que vous fera le Sultan, et la réponse qu'il vous donnera.
S'il arrive qu'il veuille être informé de

tout ce que vous venez de dire, je verrai
alors la réponse que j'aurai à lui faire. J'ai
confiance que la lampe, par le moyen de
laquelle nous subsistons depuis quelques
années, ne me manquera pas dans le besoin. »

La mère d'Aladdin n'eut rien à répliquer à ce que son fils venait de lui dire.
Elle fit réflexion que la lampe dont il parlait pouvait bien servir à de plus grandes
merveilles qu'à leur procurer simplement
de quoi vivre. Cela la satisfit, et leva en
même-temps toutes les difficultés qui auraient pu encore la détourner du service
qu'elle avait promis de rendre à son fils
auprès du Sultan. Aladdin, qui pénétra
dans la pensée de sa mère, lui dit : « Ma
mère, au moins souvenez-vous de garder
le secret ; c'est de là que dépend tout le
bon succès que nous devons attendre,
vous et moi, de cette affaire. » Aladdin
et sa mère se séparèrent pour prendre
quelque repos ; mais l'amour violent et
les grands projets d'une fortune immense,
dont le fils avait l'esprit tout rempli,
l'empêchèrent de passer la nuit aussi tran-

quillement qu'il aurait bien souhaité. Il se leva avant la pointe du jour, et alla aussitôt éveiller sa mère. Il l'a pressa de s'habiller le plus promptement qu'elle pourrait, afin d'aller se rendre à la porte du palais du Sultan, et d'y entrer à l'ouverture, au moment où le grand-visir, les visirs subalternes et tous les grands-officiers de l'Etat y entraient pour la séance du divan, où le Sultan assistait toujours en personne

La mère d'Aladdin fit tout ce que son fils voulut. Elle prit la porcelaine où était le présent de pierreries, l'enveloppa dans un double linge, l'un très-fin et très-propre, l'autre moins fin, qu'elle lia par les quatre coins pour les porter plus aisément. Elle partit enfin, avec une grande satisfaction d'Aladdin, et elle prit le chemin du palais du Sultan. Le grand-visir, accompagné des autres visirs, et les seigneurs de la Cour les plus qualifiés étaient déjà entrés quand elle arriva à la porte. La foule de tous ceux qui avaient des affaires au divan était grande. On ouvrit, et elle marcha avec eux jusqu'au divan. C'était un très-beau salon, profond et spacieux, dont l'entrée était grande et magnifique. Elle s'arrêta, et se rangea de manière qu'elle avait en face le Sultan, le grand-visir, et les seigneurs qui avaient séance au conseil à droite et à gauche. On appela les parties les unes après les autres, selon l'ordre des requêtes qu'elles avaient présentées, et leurs affaires furent rapportées, plaidées et jugées jusqu'à l'heure ordinaire de la séance du divan. Alors le Sultan se leva, congédia le conseil, et rentra dans son appartement, où il fut suivi par le grand-visir. Les autres visirs et les ministres du conseil se retirèrent. Tous ceux qui s'y étaient trouvés pour des affaires particulières, firent la même chose, les uns contens du gain de leur procès, les autres mal satisfaits du jugement rendu contre eux, et d'autres enfin avec l'espérance d'être jugés dans une autre séance.

La mère d'Aladdin, qui avait vu le Sultan se lever et se retirer, jugea bien qu'il ne reparaîtrait pas davantage ce jour-là, en voyant tout le monde sortir. Ainsi

elle prit le parti de retourner chez elle.
Aladdin, qui la vit rentrer avec le présent destiné au Sultan, ne sut d'abord que
penser du succès de son voyage. Dans la
crainte où il était qu'elle n'eût quelque
chose de sinistre à lui annoncer, il n'avait
pas la force d'ouvrir la bouche pour lui
demander quelle nouvelle elle lui apportait. La bonne mère, qui n'avait jamais mis
le pied dans le palais du Sultan, et qui
n'avait pas la moindre connaissance de ce
qui s'y pratiquait ordinairement, tira son
fils de l'embarras où il était, en lui disant
avec une grande naïveté : « Mon fils, j'ai
vu le Sultan, et je suis bien persuadée
qu'il m'a vue aussi. J'étais placée devant
lui, et personne ne l'empêchait de me
voir ; mais il était si fort occupé par tous
ceux qui lui parlaient à droite et à gauche,
qu'il me faisait compassion de voir la
peine et la patience qu'il se donnait à les
écouter. Cela a duré si long-temps, qu'à
la fin je crois qu'il s'est ennuyé ; car il
s'est levé sans qu'on s'y attendît, et il
s'est retiré assez brusquement, sans vouloir entendre quantité d'autres personnes

qui étaient en rang pour lui parler à leur
tour. Cela m'a fait cependant un grand
plaisir. En effet, je commençais à perdre
patience, et j'étais extrêmement fatiguée
de demeurer debout si long-temps; mais
il n'y a rien de gâté : je ne manquerai pas
d'y retourner demain; le Sultan ne sera
peut-être pas si occupé.

Quelqu'amoureux que fût Aladdin, il
fut contraint de se contenter de cette ex-
cuse, et de s'armer de patience. Il eut au
moins la satisfaction de voir que sa mère
avait fait la démarche la plus difficile, qui
était de soutenir la vue du Sultan, et d'espérer qu'à l'exemple de ceux qui lui avaient
parlé en sa présence, elle n'hésiterait pas
aussi à s'acquitter de la commission dont
elle était chargée, quand le moment favorable de lui parler se présenterait.

Le lendemain, d'aussi grand matin que
le jour précédent, la mère d'Aladdin alla
encore au palais du Sultan avec le présent
de pierreries; mais son voyage fut inu-
tile : elle trouva la porte du divan fermée,
et elle apprit qu'il n'y avait de conseil
que de deux jours l'un, et qu'ainsi il fal-

lait qu'elle revînt le jour suivant. Elle s'en alla porter cette nouvelle à son fils, qui fut obligé de renouveler sa patience. Elle y retourna six autres fois aux jours marqués, en se plaçant toujours devant le Sultan, mais avec aussi peu de succès que la première ; et peut-être qu'elle y serait retournée cent autres fois aussi inutilement, si le Sultan, qui la voyait toujours vis-à-vis de lui à chaque séance, n'eût fait attention à elle. Cela est d'autant plus probable, qu'il n'y avait que ceux qui avaient des requêtes à présenter qui approchaient du Sultan, chacun à leur tour, pour plaider leur cause dans leur rang ; et la mère d'Aladdin n'était point dans ce cas-là.

Ce jour-là, enfin, après la levée du conseil, quand le Sultan fut rentré dans son appartement, il dit à son grand-visir : « Il y a déjà quelque temps que je remarque une certaine femme qui vient réglément chaque jour que je tiens mon conseil, et qui porte quelque chose d'enveloppé dans un linge ; elle se tient debout depuis le commencement de l'audience

jusqu'à la fin, et affecte de se mettre toujours devant moi : savez-vous ce qu'elle
demande ? »

Le grand-visir, qui n'en savait pas plus
que le Sultan, ne voulut pas néanmoins
demeurer court. « Sire, répondit-il, Votre
Majesté n'ignore pas que les femmes for-
ment souvent des plaintes sur des sujets
de rien : celle-ci apparemment vient porter sa plainte devant Votre Majesté sur ce
qu'on lui aura vendu de la mauvaise fa-
rine, ou sur quelque autre tort d'aussi peu
de conséquence. » Le Sultan ne se satisfit
pas de cette réponse. « Au premier jour
du conseil, reprit-il, si cette femme re-
vient, ne manquez pas de la faire appeler,
afin que je l'entende. » Le grand-visir ne
lui répondit qu'en baisant la main et en
la portant au-dessus de sa tête, pour marquer qu'il était prêt à la perdre, s'il manquait à exécuter l'ordre du Sultan.

La mère d'Aladdin s'était déjà fait une
habitude si grande de paraître au conseil
devant le Sultan, qu'elle comptait sa
peine pour rien, pourvu qu'elle fît con
naître à son fils qu'elle n'oubliait rien c

tout ce qui dépendait d'elle pour lui
complaire. Elle retourna donc au palais
le jour du conseil ; et elle se plaça à l'entrée du divan, vis-à-vis le Sultan, à son
ordinaire.

Le grand - visir n'avait encore commencé à rapporter aucune affaire, quand
le Sultan aperçut la mère d'Aladdin.
Touché de compassion de la longue patience dont il avait été témoin : « Avant
toutes choses, de crainte que vous ne
l'oubliiez, dit-il au grand-visir, voilà la
femme dont je vous parlais dernièrement ;
faites-la venir, et commençons par l'entendre, et par expédier l'affaire qui l'a-
mène. » Aussitôt le grand-visir montra
cette femme au chef des huissiers, qui
était debout, prêt à recevoir ses ordres,
et lui commanda d'aller la prendre et de
la faire avancer.

Le chef des huissiers vint jusqu'à la
mère d'Aladdin, et, au signe qu'il lui fit,
elle le suivit jusqu'au pied du trône du
Sultan, où il la laissa, pour aller se ranger
à sa place près du grand-visir.

La mère d'Aladdin, instruite par

l'exemple de tant d'autres qu'elle avait
vus aborder le Sultan, se prosterna le
front contre le tapis qui couvrait les marches du trône, et elle demeura en cet
état jusqu'à ce que le Sultan lui commanda de se relever. Elle se leva; et
alors : « Bonne femme, lui dit le Sultan,
il y a long-temps que je vous vois venir à
mon divan, et demeurer à l'entrée depuis
le commencement jusqu'à la fin : quelle
affaire vous amène ici? »

La mère d'Aladdin se prosterna une
seconde fois, après avoir entendu ces paroles; et quand elle fut relevée : « Monarque au - dessus des Monarques du
monde, dit-elle, avant d'exposer à Votre
Majesté le sujet extraordinaire, et même
presque incroyable, qui me fait paraître
devant son trône sublime, je la supplie
de me pardonner la hardiesse, pour ne
pas dire l'impudence de la demande que
je viens lui faire : elle est si peu com-
mune, que je tremble, et que j'ai honte
de la proposer à mon Sultan. » Pour lui
donner la liberté entière de s'expliquer, le
Sultan commanda que tout le monde sor-

tît du divan, et qu'on le laissât seul avec
son grand-visir ; et alors il lui dit qu'elle
pouvait parler et s'expliquer sans crainte.

La mère d'Aladdin ne se contenta pas
de la bonté du Sultan, qui venait de lui
épargner la peine qu'elle eût pu souffrir
en parlant devant tout le monde ; elle
voulut encore se mettre à couvert de l'indignation qu'elle avait à craindre de la
proposition qu'elle devait lui faire, et à
laquelle il ne s'attendait pas. « Sire, dit-
elle en reprenant la parole, j'ose encore
supplier Votre Majesté, au cas qu'elle
trouve la demande que j'ai à lui faire
offensante ou injurieuse en la moindre
chose, de m'assurer auparavant de son
pardon, et de m'en accorder la grâce. »
« Quoique ce puisse être, repartit le Sultan, je vous le pardonne dès à présent,
et il ne vous en arrivera pas le moindre
mal : parlez hardiment. »

Quand la mère d'Aladdin eut pris toutes ses précautions, en femme qui redou-
tait la colère du Sultan sur une proposition aussi délicate que celle qu'elle avait
à lui faire, elle lui raconta fidèlement

dans quelle occasion Aladdin avait vu la princesse Badroulboudour, l'amour violent que cette vue fatale lui avait inspiré, la déclaration qu'il lui en avait faite, tout ce qu'elle lui avait représenté pour le détourner d'une passion non moins injurieuse à Sa Majesté qu'à la princesse sa fille. « Mais, continua-t-elle, mon fils, bien loin d'en profiter et de reconnaître sa hardiesse, s'est obstiné à y persévérer jusqu'au point de me menacer de quelqu'action de désespoir, si je refusais de venir demander la princesse en mariage à Votre Majesté; et ce n'a été qu'après m'être fait une violence extrême, que j'ai été contrainte d'avoir cette complaisance pour lui : de quoi je supplie encore une fois Votre Majesté de m'accorder le pardon, non-seulement à moi, mais même à Aladdin mon fils, d'avoir eu la pensée téméraire d'aspirer à une si haute alliance. »

Le Sultan écouta tout ce discours avec beaucoup de douceur et de bonté, sans donner aucune marque de colère ou d'in-

dignation, et même sans prendre la demande en raillerie.

Mais avant de donner réponse à cette
bonne femme, il lui demanda ce que c'é-
tait que ce qu'elle avait apporté enveloppé dans un linge. Aussitôt elle prit le
vase de porcelaine qu'elle avait mis au
pied du trône avant de se prosterner,
elle le découvrit et le présenta au Sultan.

On ne saurait exprimer la surprise et
l'étonnement du Sultan, lorsqu'il vit rassemblées dans ce vase tant de pierreries
si considérables, si précieuses, si parfaites, si éclatantes, et d'une grosseur
telle qu'il n'en avait point encore vu de
pareilles. Il resta quelque temps dans une
si grande admiration, qu'il en était immobile. Après être enfin revenu à lui, il reçut le présent des mains de la mère d'A-
laddin, en s'écriant avec un transport de
joie : « Ah! que cela est beau! que cela
est riche! » Après avoir admiré et manié
presque toutes les pierreries l'une après
l'autre, en les prisant chacune par l'endroit qui les distinguait, il se tourna du

côté de son grand-visir ; et en lui montrant le vase : « Vois, dit-il, et conviens
qu'on ne peut rien voir au monde de plus
riche et de plus parfait. » Le visir en fut
charmé. « Eh bien, continua le Sultan,
que dis-tu d'un tel présent ? N'est-il pas
digne de la princesse ma fille ? et ne puis-
je pas la donner à ce prix-là à celui qui
me la fait demander ? »

Ces paroles mirent le grand-visir dans
une étrange agitation. Il y avait quelque
temps que le Sultan lui avait fait entendre
que son intention était de donner la princesse sa fille en mariage à un fils qu'il
avait. Il craignit, et ce n'était pas sans
fondement, que le Sultan, ébloui par un
présent si riche et si extraordinaire, ne
changeât de sentiment. Il s'approcha du
Sultan ; et en lui parlant à l'oreille :
« Sire, dit-il, on ne peut disconvenir que
le présent ne soit digne de la princesse ;
mais je supplie Votre Majesté de m'accorder trois mois avant de se déterminer :
j'espère qu'avant ce temps-là, mon fils,
sur qui elle a eu la bonté de me témoigner qu'elle avait jeté les yeux, aura de

quoi lui en faire un d'un plus grand prix
que celui d'Aladdin, que Votre Majesté
ne connaît pas. » Le Sultan, quoique
bien persuadé qu'il n'était pas possible
que son grand-visir pût trouver à son fils
de quoi faire un présent d'une aussi grande
valeur à la princesse sa fille, ne laissa pas
néanmoins de l'écouter, et de lui accorder cette grâce. Ainsi, en se retournant
du côté de la mère d'Aladdin, il lui dit :
« Allez, bonne femme ; retournez chez
vous, et dites à votre fils que j'agrée la
proposition que vous m'avez faite de sa
part ; mais que je ne puis marier la princesse ma fille, que je ne lui aie fait faire
un ameublement qui ne sera prêt que
dans trois mois. Ainsi, revenez en ce
temps-là. »

La mère d'Aladdin retourna chez elle
avec une joie d'autant plus grande, que,
par rapport à son état, elle avait d'abord
regardé l'accès auprès du Sultan comme
impossible, et que d'ailleurs elle avait ob-
tenu une réponse si favorable, au lieu
qu'elle ne s'était attendue qu'à un rebut
qui l'aurait couverte de confusion. Deux

choses firent juger à Aladdin, quand il vit
entrer sa mère, qu'elle lui apportait une
bonne nouvelle : l'une qu'elle revenait de
meilleure heure qu'à l'ordinaire; et l'autre,
qu'elle avait le visage gai et ouvert.« Hé
bien, ma mère, lui dit-il, dois-je espérer?
Dois-je mourir de désespoir? » Quand
elle eut quitté son voile et qu'elle se fut
assise sur le sofa avec lui : « Mon fils, dit-
elle, pour ne vous pas tenir trop long-
temps dans l'incertitude, je commencerai
par vous dire que, bien loin de songer à
mourir, vous avez tout sujet d'être content. » En poursuivant son discours, elle
lui raconta de quelle manière elle avait
eu audience avant tout le monde, ce qui
était cause qu'elle était revenue de si
bonne heure; les précautions qu'elle avait
prises pour faire au Sultan, sans qu'il s'en
offensât, la proposition du mariage de la
princesse Badroulboudour avec lui, et la
réponse toute favorable que le Sultan lui
avait faite de sa propre bouche. Elle ajouta
que, autant qu'elle en pouvait juger par
les marques que le Sultan en avait données, le présent, sur toutes choses, avait

fait un puissant effet sur son esprit pour le
déterminer à la réponse favorable qu'elle
rapportait. « Je m'y attendais d'autant
moins, dit-elle encore, que le grand-visir
lui avait parlé à l'oreille avant qu'il me
la fît, et que je craignais qu'il ne le dé-
tournât de la bonne volonté qu'il pouvait
avoir pour vous. »

Aladdin s'estima le plus heureux des
mortels en apprenant cette nouvelle. Il
remercia sa mère de toutes les peines
qu'elle s'était données dans la poursuite
de cette affaire, dont l'heureux succès
était si important pour son repos; et quoique dans l'impatience où il était de jouir
de l'objet de sa passion, trois mois lui pa-
russent d'une longueur extrême, il se disposa néanmoins à attendre avec patience,
fondé sur la parole du Sultan, qu'il regardait comme irrévocable. Pendant qu'il
comptait non-seulement les heures, les
jours et les semaines, mais même jusqu'aux
momens, en attendant que le terme fût
passé, environ deux mois s'étaient écou-
lés, quand la mère, un soir, en voulant
allumer la lampe, s'aperçut qu'il n'y avait

plus d'huile dans la maison. Elle sortit
pour en aller acheter ; et en avançant dans
la ville, elle vit que tout y était en fête.
En effet, les boutiques, au lieu d'être fermées, étaient ouvertes ; on les ornait de
feuillages, on y préparait des illuminations ; chacun s'efforçait à qui le ferait avec
plus de pompe et de magnificence, pour
mieux marquer son zèle : tout le monde
enfin donnait des démonstrations de joie
et de réjouissance. Les rues étaient même
embarrassées par des officiers en habits de
cérémonie, montés sur des chevaux richement harnachés, et environnés d'un grand
nombre de valets de pied qui allaient et
venaient. Elle demanda au marchand
chez qui elle achetait son huile ce que
tout cela signifiait ? « D'où venez-vous,
ma bonne dame ? lui dit-il ; ne savez-vous
pas que le fils du grand-visir épouse ce soir
la princesse Badroulboudour, fille du Sultan ? Elle va bientôt sortir du bain, et les
officiers que vous voyez s'assemblent pour
lui faire cortége jusqu'au palais, où se doit
faire la cérémonie. »

La mère d'Aladdin ne voulut pas en

apprendre davantage. Elle revint en si
grande diligence, qu'elle rentra chez elle
presque hors d'haleine. Elle trouva son
fils, qui ne s'attendait à rien moins qu'à la
fâcheuse nouvelle qu'elle lui apportait.
Mon fils, s'écria-t-elle, tout est perdu pour
vous ! Vous comptiez sur la belle promesse du Sultan : il n'en sera rien. » Aladdin, alarmé de ces paroles : « Ma mère,
reprit-il, par quel endroit le Sultan ne me
tiendrait-il pas sa promesse ? Comment le
savez-vous ? » « Ce soir, repartit la mère,
le fils du grand-visir épouse la princesse
Badroulboudour dans le palais. » Elle lui
raconta de quelle manière elle venait de
l'apprendre, par tant de circonstances,
qu'il n'eut pas lieu d'en douter.

A cette nouvelle, Aladdin demeura
immobile, comme s'il eût été frappé d'un
coup de foudre. Tout autre que lui en eût
été accablé ; mais une jalousie secrète
l'empêcha d'y demeurer long-temps.
Dans le moment il se souvint de la lampe
qui lui avait été si utile jusqu'alors ; et,
sans aucun emportement en vaines paroles
contre le Sultan, contre le grand-visir, ou

contre le fils de ce ministre, il dit seulement : « Ma mère, le fils du grand-visir
ne sera peut-être pas cette nuit aussi heureux qu'il se le promet. Pendant que je
vais dans ma chambre pour un moment,
préparez-nous à souper. »

La mère d'Aladdin comprit bien que
son fils voulait faire usage de la lampe,
pour empêcher, s'il était possible, que le
mariage du fils du grand-visir avec la princesse ne vînt jusqu'à la consommation ; et
elle ne se trompait pas. En effet, quand
Aladdin fut dans sa chambre, il prit la
Lampe Merveilleuse qu'il y avait portée
en l'ôtant de devant les yeux de sa mère,
après que l'apparition du Génie lui eut fait
une si grande peur ; il prit, dis-je, la lampe,
et il la frotta au même endroit que les
autres fois. A l'instant, le Génie parut
devant lui :

« *Que veux-tu ?* dit-il à Aladdin *; me
voici tout prêt à t'obéir comme ton esclave, et de tous ceux qui ont la lampe
à la main, moi et les autres esclaves de
la lampe !* »

« Ecoute, lui dit Aladdin ; tu m'as

apporté jusqu'à présent de quoi me nourrir qand j'en ai eu besoin : il s'agit présentement d'une affaire de tout autre impor-
tance. J'ai fait demander en mariage au
Sultan la princesse Badroulboudour sa
fille. Il me l'a promise, et il m'a demandé
un délai de trois mois. Au lieu de tenir sa
promesse, ce soir, avant le terme échu,
il la marie au fils du grand-visir : je viens
de l'apprendre, et la chose est certaine.
Ce que je te demande, c'est que, dès que
le nouvel époux et la nouvelle épouse
seront couchés, tu les enlèves, et que tu
les apportes ici tous deux dans leur lit. »

« *Mon maître*, reprit le Génie, *je vais
t'obéir. As-tu autre chose à me commander ?* »

« Rien autre chose pour le présent, repartit Aladdin.» En même temps le Génie
disparut.

Aladdin revint trouver sa mère ; il
soupa avec elle avec la même tranquillité
qu'il avait coutume de le faire. Après le
souper, il s'entretint quelque temps avec
elle du mariage de la princesse, comme
d'une chose qui ne l'embarrassait plus. Il

retourna à sa chambre, et il laissa sa mère
en liberté de se coucher. Pour lui, il ne
se coucha pas, mais il attendit le retour
du Génie, et l'exécution du commandement qu'il lui avait fait.

Pendant ce temps-là, tout avait été
préparé avec bien de la magnificence dans
le palais du Sultan pour la célébration des
noces de la princesse; et la soirée se
passa en cérémonies et en réjouissances
jusque bien avant dans la nuit. Quand
tout fut achevé, le fils du grand-visir, au
signal que lui fit le chef des eunuques de
la princesse, s'échappa adroitement, et
cet officier l'introduisit dans l'appartement de la princesse son épouse, jusqu'à
la chambre ou le lit nuptial était préparé.
Il se coucha le premier. Peu de temps
après, la Sultane, accompagnée de ses
femmes et de celles de la princesse sa
fille, amena la nouvelle épouse. Elle faisait de grandes résistances, selon la coutume des nouvelles mariées. La Sultane
aida à la déshabiller, la mit dans le lit
comme par force; et après l'avoir em-

brassée en lui souhaitant la bonne nuit,
elle se retira avec toutes les femmes ; et la
dernière qui sortit ferma la porte de la
chambre.

A peine la porte de la chambre fut
fermée, que le Génie, comme esclave fidèle de la lampe, et exact à exécuter les
ordres de ceux qui l'avaient à la main,
sans donner le temps à l'époux de faire la
moindre caresse à son épouse, enlève le
lit avec l'époux et l'épouse, au grand
étonnement de l'un et de l'autre, et
en un instant le transporte dans la chambre d'Aladdin, où il le pose.

Aladdin, qui attendait ce moment
avec impatience, ne souffrit pas que le
fils du grand-visir demeurât couché avec
la princesse. « Prends ce nouvel époux,
dit-il au Génie ; enferme-le dans le
privé, et reviens demain matin un peu
après la pointe du jour. » Le Génie
enleva aussitôt le fils du grand-visir
hors du lit, en chemise, et le transporta dans le lieu qu'Aladdin lui avait
dit, où il le laissa, après avoir jeté

sur lui un souffle qu'il sentit depuis la
tête jusqu'aux pieds, et qui l'empêchait
de remuer de la place.

Quelque grande que fut la passion
d'Aladdin pour la princesse Badroulboudour, il ne lui tint pas néanmoins un
long discours, lorsqu'il se vit seul avec
elle. « Ne craignez rien, adorable princesse, lui dit-il d'un air tout passionné ;
vous êtes ici en sûreté ; et quelque violent que soit l'amour que je ressens
pour votre beauté et pour vos charmes,
il ne me fera jamais sortir des bornes
du profond respect que je vous dois.
Si j'ai été forcé, ajouta-t-il, d'en venir
à cette extrémité, ce n'a pas été dans
la vue de vous offenser, mais pour
empêcher qu'un injuste rival ne vous
possédât, contre la parole donnée par
le Sultan votre père en ma faveur. »

La princesse, qui ne savait rien de
ces particularités, fit fort peu d'attention à tout ce qu'Aladdin lui put dire.
Elle n'était nullement en état de lui
répondre. La frayeur et l'étonnement
où elle était d'une aventure si surpre-

8.   16

nante et si peu attendue , l'avaient mise
dans un tel état, qu'Aladdin n'en put
tirer aucune parole. Aladdin n'en demeura pas là : il prit le parti de se
déshabiller , et il se coucha à la place
du fils du grand-visir , le dos tourné
du côté de la princesse , après avoir
eu la précaution de mettre un sabre
entre la princesse et lui, pour marquer
qu'il mériterait d'en être puni s'il atten-
tait à son honneur.

Aladdin, content d'avoir ainsi privé
son rival du bonheur dont il s'était
flatté de jouir cette nuit-là , dormit assez
tranquillement. Il n'en fut pas de même
de la princesse Badroulboudour : de sa
vie il ne lui était arrivé de passer une
nuit aussi fâcheuse et aussi désagréable
que celle-là ; et si l'on veut bien faire
réflexions au lieu et à l'état où le Génie avait laissé le fils du grand-visir ,
on jugera que ce nouvel époux la passa
d'une manière beaucoup plus affligeante.

Le lendemain, Aladdin n'eut pas besoin de frotter la lampe pour appeler le
Génie. Il revint à l'heure qu'il lui avait

marquée, et dans le temps qu'il ache-
vait de s'habiller.

« *Me voici*, dit-il à Aladdin, *qu'as-
tu à me commander* ? »

« Va reprendre, lui dit Aladdin, le
fils du grand-visir où tu l'a mis ; viens
le remettre dans ce lit, et reporte-
le où tu l'as pris dans le palais du
Sultan. » le Génie alla relever le fils du
grand-visir de sentinelle, et Aladdin
reprenait son sabre quand il reparut.
Il mit le nouvel époux près de la princesse, et en un instant il reporta le lit
nuptial dans la même chambre du palais
du Sultan d'où il l'avait apporté.

Il faut remarquer qu'en tout ceci le
Génie ne fut aperçu ni de la princesse
ni du fils du grand-visir. Sa forme hideuse eût été capable de les faire mourir
de frayeur. Ils n'entendirent même rien
des discours entre Aladdin et lui ; et
ils ne s'aperçurent que de l'ébranlement
du lit, et de leur transport d'un lieu
à un autre : c'était bien assez pour leur
donner la frayeur qu'il est aisé d'imaginer.

Le Génie ne venait que de poser le lit

nuptial en sa place, quand le Sultan,
curieux d'apprendre comment la princesse sa fille avait passé la première
nuit de ses noces, entra dans la chambre
pour lui souhaiter le bonjour. Le fils du
grand-visir, morfondu du froid qu'il
avait souffert toute la nuit, et qui n'a-
vait pas encore eu le temps de se ré-
chauffer, n'eut pas sitôt entendu qu'on
ouvrait la porte, qu'il se leva, et passa
dans une garde-robe où il s'était déshabillé le soir.

Le Sultan approcha du lit de la princesse, la baisa entre les deux yeux,
selon la coutume, en lui souhaitant le
bonjour, et lui demanda en souriant
comment elle se trouvait de la nuit passée ; mais en relevant la tête, et en la
regardant avec plus d'attention, il fut
extrêmement surpris de la voir dans une
grande mélancolie, et de ce qu'elle ne
lui marquait, ni par la rougeur qui eût
pu lui monter au visage, ni par aucun
autre signe, ce qui eût pu satisfaire sa
curiosité. Elle lui jeta seulement un
regard des plus tristes, d'une manière

qui marquait une grande affliction ou
un grand mécontentement. Il lui dit
encore quelques paroles ; mais comme
il vit qu'il n'en pouvait tirer d'elle, il
s'imagina qu'elle le faisait par pudeur,
et il se retira. Il ne laissa pas néanmoins de soupçonner qu'il y avait quelque chose d'extraordinaire dans son silence ; ce qui l'obligea d'aller sur-le-
champ à l'appartement de la Sultane,
à qui il fit le récit de l'état où il avait
trouvé la princesse, et de la réception
qu'elle lui avait faite. « Sire, lui dit la
Sultane, cela ne doit pas surprendre
Votre Majesté : il n'y a pas de nouvelle mariée qui n'ait la même retenue le
lendemain de ces noces. Ce ne sera pas
la même chose dans deux ou trois jours
alors elle recevra le Sultan son père
comme elle le doit. Je vais la voir,
ajouta-t-elle, et je suis bien trompée,
si elle me fait le même accueil. »

Quand la Sultane fut habillée, elle se
rendit à l'appartement de la princesse,
qui n'était pas encore levée : elle s'approcha de son lit, et elle lui donna le bon-

jour , en l'embrassant ; mais sa surprise fut des plus grandes , non-seulement de ce qu'elle ne lui répondait rien , mais même de ce qu'en la regardant , elle s'aperçut qu'elle était dans un grand abattement , qui lui fit juger qu'il lui était arrivé quelque chose qu'elle ne pénétrait pas. « Ma fille , lui dit la Sultane , d'où vient que vous répondez si mal aux caresses que je vous fais ? Est-ce avec votre mère que vous devez faire toutes ces façons ? Et doutez-vous que je ne sois pas instruite de ce qui peut arriver dans une pareille circonstance que celle où vous êtes ? Je veux bien croire que vous n'avez pas cette pensée ; il faut donc qu'il vous soit arrivé quelque autre chose ; avouez-le-moi franchement, et ne me laissez pas plus long-temps dans une inquiétude qui m'accable. »

La princesse Badroulboudour rompit enfin le silence par un très-grand soupir : « Ah , Madame et très-honorée mère ! s'écria-t-elle , pardonnez-moi si j'ai manqué au respect que je vous dois. J'ai l'esprit si fortement occupé des

choses extraordinaires qui me sont arri-
vées cette nuit, que je ne suis pas
encore bien revenue de mon étonnement ni de mes frayeurs, et que j'ai
même de la peine à me reconnaître
moi-même. » Alors elle lui raconta avec
les couleurs les plus vives de quelle
manière, un instant après qu'elle et
son époux furent couchés, le lit avait
été enlevé et transporté en un moment
dans une chambre malpropre et obscure,
où elle s'était vue seule et séparée de
son époux, sans savoir ce qu'il était
devenu, et où elle avait vu un jeune
homme, lequel, après lui avoir dit quelques paroles que la frayeur l'avait em-
pêchée d'entendre, s'était couché avec
elle à la place de son époux, après avoir
mis son sabre entre elle et lui, et que
son époux lui avait été rendu, et le lit
rapporté en sa place en aussi peu de
temps. « Tout cela ne venait que d'être
fait, ajouta-t-elle, quand le Sultan mon
père est entré dans ma chambre ; j'étais
si accablée de tristesse, que je n'ai pas
eu la force de lui répondre une seule

parole : aussi je ne doute pas qu'il ne
soit indigné de la manière dont j'ai reçu
l'honneur qu'il m'a fait ; mais j'espère
qu'il me pardonnera quand il saura ma
triste aventure , et l'état pitoyable où
je me trouve encore en ce moment. »

La Sultane écouta fort tranquillement
tout ce que la princesse voulut bien lui
raconter ; mais elle ne voulut point y
ajouter foi. « Ma fille, lui dit-elle, vous
avez bien fait de ne point parler de
cela au Sultan votre père ; gardez-vous
bien d'en rien dire à personne : on
vous prendrait pour une folle, si on
vous entendait parler de la sorte. » « Madame , reprit la princesse, je puis vous
assurer que je vous parle de bon sens ;
vous pourrez vous en informer à mon
époux , il vous dira la même chose. »
« Je m'en informerai, répartit la Sultane ; mais quand il m'en parlerait
comme vous , je n'en serais pas plus
persuadée que je le suis. Levez-vous
cependant , et ôtez-vous cette imagination de l'esprit : il ferait beau voir
que vous troublassiez, par une pareille

vision les fêtes ordonnées pour vos noces, et qui doivent se continuer plusieurs jours dans ce palais et dans tout
le royaume. N'entendez-vous pas déjà
les fanfares et les concerts de trompettes, de timbales et de tambours ?
Tout cela vous doit inspirer la joie et
le plaisir, et vous faire oublier toutes
les fantaisies dont vous venez de me
parler. » En même temps la Sultane
appela les femmes de la princesse ; et
après qu'elle l'eut fait lever, et qu'elle
l'eut vue se mettre à sa toilette, elle alla
à l'appartement du Sultan ; elle lui dit
que quelque fantaisie avait passé véritablement par l'esprit de sa fille ; mais
que ce n'était rien. Elle fit appeler le
fils du visir, pour savoir de lui quelque
chose de ce que la princesse lui avait
dit ; mais le fils du visir, qui s'estimait infiniment honoré de l'alliance du
Sultan, avait pris le parti de dissimuler.
« Mon gendre, lui dit la Sultane, dites-
moi, êtes-vous dans le même entête-
ment que votre épouse ? » « Madame,
reprit le fils du visir, oserais-je vous

demander à quel sujet vous me faites
cette demande ? » « Cela suffit, repartit
la Sultane ; je n'en veux pas savoir davantage : vous êtes plus sage qu'elle. »

Les réjouissances continuèrent toute la
journée dans le palais, et la Sultane, qui
n'abandonna pas la princesse, n'oublia
rien pour lui inspirer la joie, et pour lui
faire prendre part aux divertissemens
qu'on lui donnait par différentes sortes
de spectacles ; mais elle était tellement
frappée des idées de ce qui lui était arrivé
la nuit, qu'il était aisé de voir qu'elle en
était tout occupée. Le fils du grand-visir
n'était pas moins accablé de la mauvaise
nuit qu'il avait passée ; mais son ambition
le fit dissimuler ; et, à le voir, personne
ne douta qu'il ne fût un époux très-heu-
reux.

Aladdin, qui était bien informé de ce
qui se passait au palais, ne douta pas que
les nouveaux mariés ne dussent coucher
encore ensemble, malgré la fâcheuse aventure qui leur était arrivée la nuit d'auparavant. Aladdin n'avait point envie de les
laisser en repos. Ainsi, dès que la nuit

fut un peu avancée, il eut recours à la
lampe. Aussitôt le Génie parut, et fit à
Aladdin le même compliment que les autres fois, en lui offrant son service. « Le
fils du grand-visir et la princesse Badroulboudour, lui dit Aladdin, doivent
coucher encore ensemble cette nuit; va,
et du moment qu'ils seront couchés, apporte-moi le lit ici, comme hier. »

Le Génie servit Aladdin avec autant de
fidélité et d'exactitude que le jour précédent : le fils du grand-visir passa la nuit
aussi froidement et aussi désagréablement
qu'il l'avait déjà fait, et la princesse eut
la même mortification d'avoir Aladdin
pour compagnon de sa couche, le sabre
posé entre elle et lui. Le Génie, suivant
les ordres d'Aladdin, revint le lendemain, remit l'époux auprès de son épouse,
enleva le lit avec les nouveaux mariés, et
le reporta dans la chambre du palais où
il l'avait pris.

Le Sultan, après la réception que la
princesse Badroulboudour lui avait faite
le jour précédent, inquiet de savoir com-

ment elle aurait passé la seconde nuit, et si elle lui ferait une réception pareille à celle qu'elle lui avait déjà faite, se rendit à sa chambre d'aussi bon matin, pour en être éclairci. Le fils du grand-visir, plus honteux et plus mortifié du mauvais succès de cette dernière nuit que de la première, à peine eut entendu venir le Sultan, qu'il se leva avec précipitation, et se jeta dans la garde-robe.

Le Sultan s'avança jusqu'au lit de la princesse, en lui donnant le bonjour; et après lui avoir fait les mêmes caresses que le jour précédent : « Hé bien, ma fille, lui dit-il, êtes-vous ce matin d'aussi mauvaise humeur que vous l'étiez hier ? Me direz-vous comment vous avez passé la nuit ? » La princesse garda le même silence; et le Sultan s'aperçut qu'elle avait l'esprit beaucoup moins tranquille, et qu'elle était plus abattue que la première fois. Il ne douta pas que quelque chose d'extraordinaire ne lui fût arrivé. Alors, irrité du mystère qu'elle lui en faisait : « Ma fille, lui dit-il tout en colère et le

sabre à la main, ou vous me direz ce que
vous me cachez, ou je vais vous couper la
tête tout à l'heure. »

La princesse, plus effrayée du ton et de
la menace du Sultan offensé, que de la
vue du sabre nu, rompit enfin le silence :
« Mon cher père et mon Sultan, s'écria-
t'elle les larmes aux yeux, je demande
pardon à Votre Majesté si je l'ai offensée.
J'espère de sa bonté et de sa clémence
qu'elle fera succéder la compassion à la
colère, quand je lui aurai fait le récit
fidèle du triste et pitoyable état où je me
suis trouvée toute cette nuit et toute la
nuit passée. »

Après ce préambule, qui appaisa et qui
attendrit un peu le Sultan, elle lui raconta
fidèlement tout ce qui lui était arrivé pendant ces deux fâcheuses nuits ; mais d'une
manière si touchante, qu'il en fut vivement pénétré de douleur, par l'amour et
par la tendresse qu'il avait pour elle.
Elle finit par ces paroles : « Si Votre Majesté a le moindre doute sur le récit que
je viens de lui faire, elle peut s'en informer de l'époux qu'elle m'a donné. Je suis

persuadée qu'il rendra à la vérité le même témoignage que je lui rends. »

Le Sultan entra tout de bon dans la peine extrême qu'une aventure aussi surprenante devait avoir causée à la princesse : « Ma fille, lui dit-il, vous avez eu grand tort de ne vous être pas expliquée à moi dès hier sur une affaire aussi étrange que celle que vous venez de m'apprendre, dans laquelle je ne prends pas moins d'intérêt que vous-même. Je ne vous ai pas mariée dans l'intention de vous rendre malheureuse, mais plutôt dans la vue de vous rendre heureuse et contente, et de vous faire jouir de tout le bonheur que vous méritez, et que vous pouviez espérer avec un époux qui m'avait paru vous convenir. Effacez de votre esprit les idées fâcheuses de tout ce que vous venez de me raconter. Je vais mettre ordre à ce qu'il ne vous arrive pas davantage des nuits aussi désagréables et aussi peu supportables que celles que vous avez passées. »

Dès que le Sultan fut rentré dans son appartement, il envoya appeler son grand-visir : « Visir, lui dit-il, avez-vous vu votre fils, et ne vous a-t-il rien dit ? » Comme le grand-visir lui eut répondu qu'il ne l'avait pas vu, le Sultan lui fit le récit de tout ce que la princesse Badroul-boudour venait de lui raconter. En ache-vant : « Je ne doute pas, ajouta-t-il, que ma fille ne m'ait dit la vérité ; je serai bien aise néanmoins d'en avoir la confirma-tion par le témoignage de votre fils : allez, et demandez-lui ce qui en est. »

Le grand-visir ne différa pas d'aller joindre son fils ; il lui fit part de ce que le Sultan venait de lui communiquer, et il lui enjoignit de ne lui point déguiser la vérité, et de lui dire si tout cela était vrai. « Je ne vous la déguiserai pas, mon père, lui répondit le fils ; tout ce que la princesse a dit au Sultan est vrai ; mais elle n'a pu lui dire les mauvais traitemens qui m'ont été faits en mon particulier ; les voici : Depuis mon mariage, j'ai passé deux nuits les plus cruelles qu'on puisse imaginer, et je n'ai pas d'expression pour vous décrire au juste et avec toutes leurs circonstances les maux que j'ai soufferts.

Je ne vous parle pas de la frayeur que
j'ai eue de me sentir enlever quatre fois
dans mon lit, sans voir qui enlevait le lit
et le transportait d'un lieu à un autre, et
sans pouvoir imaginer comment cela s'est
pu faire. Vous jugerez vous-même de
l'état fâcheux où je me suis trouvé, lorsque je vous dirai que j'ai passé deux nuits
debout, et nu en chemise, dans une espèce de privé étroit, sans avoir la liberté
de remuer de la place où j'étais posé, et
sans pouvoir faire aucun mouvement,
quoiqu'il ne parût devant moi aucun
obstacle qui pût vraisemblablement m'en
empêcher. Après cela, il n'est pas besoin
de m'étendre plus au long pour vous faire
le détail de mes souffrances. Je ne vous
cacherai pas que cela ne m'a point empê-
ché d'avoir pour la princesse, mon épouse,
tous les sentimens d'amour, de respect et
de reconnaissance qu'elle mérite ; mais je
vous avoue de bonne foi qu'avec tout
l'honneur et tout l'éclat qui rejaillit sur
moi d'avoir épousé la fille de mon Souverain, j'aimerais mieux mourir que de vivre plus long-temps dans une si haute

alliance, s'il faut essuyer des traitemens aussi désagréables que ceux que j'ai déjà soufferts. Je ne doute point que la princesse ne soit dans les mêmes sentimens que moi; et elle conviendra aisément que notre séparation n'est pas moins nécessaire pour son repos que pour le mien. Ainsi, mon père, je vous supplie, par la même tendresse qui vous a porté à me procurer un si grand honneur, de faire agréer au Sultan que notre mariage soit déclaré nul. »

Quelque grande que fût l'ambition du grand-visir de voir son fils gendre du Sultan, la ferme résolution néanmoins où il le vit de se séparer de la princesse, fit qu'il ne jugea pas à propos de lui proposer d'avoir encore patience au moins quelques jours, pour éprouver si cette traverse ne finirait point. Il le laissa, et il revint rendre réponse au Sultan, à qui il avoua de bonne foi que la chose n'était que trop vraie, après ce qu'il venait d'apprendre de son fils. Sans attendre même que le Sultan lui parlât de rompre le mariage, à quoi il voyait bien qu'il n'était que trop disposé, il le supplia de permettre que son fils se retirât du palais, et qu'il retournât auprès de lui, en prenant pour prétexte qu'il n'était pas juste que la princesse fût exposée un moment de plus à une persécution si terrible pour l'amour de son fils.

Le grand-visir n'eut pas de peine à obtenir ce qu'il demandait. Dès ce moment le Sultan, qui avait déjà résolu la chose, donna ses ordres pour faire cesser les réjouissances dans son palais et dans la ville, et même dans toute l'étendue de son royaume, où il fit expédier les ordres contraires aux premiers ; et en très-peu de temps toutes les marques de joie et de réjouissances publiques cessèrent dans toute la ville et dans le royaume.

Ce changement subit et si peu attendu donna occasion à bien des raisonnemens différens : on se demandait les uns aux autres d'où pouvaient venir ce contre-temps ; et l'on n'en disait autre chose, sinon qu'on ait vu le grand-visir sortir du palais, et se retirer chez lui, accompagné de son fils, l'un et l'autre avec un air fort triste.

Il n'y avait qu'Aladdin qui en savait le secret, et qui se réjouissait en lui-même de l'heureux succès que l'usage de la lampe lui procurait. Ainsi, comme il eut appris avec certitude que son rival avait abandonné le palais, et que le mariage entre la princesse et lui était rompu absolument, il n'eut pas besoin de frotter la lampe davantage, et d'appeler le Génie pour empêcher qu'il ne se consommât. Ce qu'il y a de particulier, c'est que ni le Sultan, ni le grand-visir, qui avaient oublié Aladdin et la demande qu'il avait fait faire, n'eurent pas la moindre pensée qu'il pût avoir part à l'enchantement qui venait de causer la dissolution du mariage de la princesse.

Aladdin cependant laissa couler les trois mois que le Sultan avait marqués pour le mariage d'entre la princesse Badroulboudour et lui ; il en avait compté tous les jours avec grand soin ; et quand ils furent achevés, dès le lendemain il ne manqua pas d'envoyer sa mère au palais, pour faire souvenir le Sultan de sa parole.

La mère d'Aladdin alla au palais comme son fils le lui avait dit, et elle se présenta à l'entrée du divan, au même endroit qu'auparavant. Le Sultan n'eut pas plutôt jeté la vue sur elle, qu'il la reconnut, et se souvint en même temps de la demande qu'elle lui avait faite, et du temps auquel il l'avait remise. Le grand-visir lui faisait alors le rapport d'une affaire : « Visir, lui dit le Sultan en l'interrompant, j'aperçois la bonne femme qui nous fit un si beau présent il y a quelques mois ; faites-la venir ; vous reprendrez votre rapport quand je l'aurai écoutée. » Le grand-visir, en jetant les yeux du côté de l'entrée du divan, aperçut aussi la mère d'Aladdin. Aussitôt il appela le chef des huissiers, et en la lui montrant, il lui donna ordre de la faire avancer.

La mère d'Aladdin s'avança jusqu'au pied du trône, où elle se prosterna selon la coutume. Après qu'elle se fut relevée, le Sultan lui demanda ce qu'elle souhaitait. « Sire, lui répondit-elle, je me présente encore devant le trône de Votre Majesté, pour lui représenter, au nom d'Aladdin mon fils, que les trois mois, après lesquels elle l'a remis sur la demande que j'ai eu l'honneur de lui faire, sont expirés, et la supplier de vouloir bien s'en souvenir. »

Le Sultan, en prenant un délai de trois mois pour répondre à la demande de cette bonne femme, la première fois qu'il l'avait vue, avait cru qu'il n'entendrait plus parler d'un mariage qu'il regardait comme peu convenable à la princesse sa fille, à regarder seulement la bassesse et la pauvreté de la mère d'Aladdin, qui paraissait devant lui dans un habillement fort commun. La sommation cependant qu'elle venait de lui faire de tenir sa parole, lui parut embarrassante : il ne jugea pas à propos de lui répondre sur-le-champ ; il consulta son grand-visir, et lui marqua la répugnance qu'il avait à conclure le mariage de la princesse avec un inconnu, dont il supposait que la fortune devait être beaucoup au-dessous de la plus médiocre.

Le grand-visir n'hésita pas à s'expliquer au Sultan sur ce qu'il en pensait. « Sire, lui dit-il, il me semble qu'il y a un moyen immanquable pour éluder un

mariage si disproportionné, sans qu'A-
laddin, quand même il serait connu de
Votre Majesté, puisse s'en plaindre : c'est
de mettre la princesse à un si haut prix,
que ses richesses, quelles qu'elles puissent
être, ne puissent y fournir. Ce sera le
moyen de le faire désister d'une poursuite si hardie, pour ne pas dire si téméraire, à laquelle sans doute il n'a pas bien
pensé avant de s'y engager. »

Le Sultan approuva le conseil du grand-
visir. Il se tourna du côté de la mère d'A-
laddin ; et après quelques momens de réflexion : « Ma bonne femme, lui dit-il,
les Sultans doivent tenir leur parole ; je
suis prêt à tenir la mienne, et à rendre
votre fils heureux par le mariage de la
princesse ma fille ; mais comme je ne puis
la marier que je ne sache l'avantage
qu'elle y trouvera, vous direz à votre fils
que j'accomplirai ma parole, dès qu'il
m'aura envoyé quarante grands bassins
d'or massif, pleins à comble des mêmes
choses que vous m'avez déjà présentées
de sa part, portés par un pareil nombre
d'esclaves noirs, qui seront conduits par

quarante autres esclaves blancs, jeunes,
bien faits et de belle taille, et tous habillés très-magnifiquement : voilà les conditions auxquelles je suis prêt à lui donner la princesse ma fille. Allez, bonne
femme ; j'attendrai que vous m'apportiez
sa réponse. »

La mère d'Aladin se prosterna encore
devant le trône du Sultan, et elle se retira.
Dans le chemin, elle riait en elle-même
de la folle imagination de son fils. « Vrai-
ment, disait-elle, où trouvera-t-il tant de
bassins d'or, et une si grande quantité de
ces verres colorés pour les remplir ? Re-
tournera-t-il dans le souterrain dont l'entrée est bouchée, pour en cueillir aux
arbres ? Et tous ces esclaves tournés
comme le Sultan les demande, où les
prendra-t-il ? Le voilà bien éloigné de sa
prétention ; et je crois qu'il ne sera guère
content de mon ambassade. » Quand elle
fut rentrée chez elle, l'esprit rempli de
toutes ces pensées, qui lui faisaient croire
qu'Aladdin n'avait plus rien à espérer :
« Mon fils, lui dit-elle, je vous conseille
de ne plus penser au mariage de la prin-

cesse Badroulboudour. Le Sultan, à la
vérité, m'a reçue avec beaucoup de bonté,
et je crois qu'il était bien intentionné
pour vous; mais le grand-visir, si je ne
me trompe, lui a fait changer de sentiment, et vous pouvez le présumer comme
moi, sur ce que vous allez entendre. Après
avoir représenté à Sa Majesté que les trois
mois étaient expirés, et que je le priais,
de votre part, de se souvenir de sa promesse, je remarquai qu'il ne me fit la réponse que je vais vous dire, qu'après avoir
parlé bas quelque temps avec le grand-
visir. » La mère d'Aladdin fit un récit
très-exact à son fils de tout ce que le
Sultan lui avait dit, et des conditions auxquelles il consentirait au mariage de la
princesse sa fille avec lui. En finissant :
« Mon fils, lui dit-elle, il attend votre réponse; mais entre nous, continua-t-elle
en souriant, je crois qu'il attendra long-
temps. »

« Pas si long-temps que vous croiriez
bien, ma mère, reprit Aladdin; et le Sultan se trompe lui-même, s'il a cru, par
ses demandes exorbitantes, me mettre

hors d'état de songer à la princesse Badroulboudour. Je m'attendais à d'autres
difficultés insurmontables, ou qu'il met-
trait mon incomparable princesse à un
prix beaucoup plus haut ; mais à présent
je suis content, et ce qu'il me demande
est peu de chose en comparaison de ce
que je serais en état de lui donner pour
en obtenir la possession. Pendant que je
vais songer à le satisfaire, allez nous chercher de quoi dîner, et laissez-moi faire. »

Dès que la mère d'Aladdin fut sortie
pour aller à la provision, Aladdin prit la
lampe, et il la frotta. Dans l'instant le
Génie se présenta devant lui : et, dans les
mêmes termes que nous avons déjà rap-
portés, il lui demanda ce qu'il avait à lui
commander, en marquant qu'il était prêt
à le servir. Aladdin lui dit : « Le Sultan
me donne la princesse sa fille en mariage ;
mais auparavant, il me demande quarante
grands bassins d'or massif et bien pesans,
pleins à comble des fruits du jardin où
j'ai pris la lampe dont tu es esclave. Il
exige aussi de moi que ces quarante bassins soient portés par autant d'esclaves

noirs, précédés par quarante esclaves
blancs, jeunes, bienfaits, de belle taille,
et habillés très-richement. Va, et amène-
moi ce présent au plus tôt, afin que je l'envoie au Sultan avant qu'il lève la séance
du divan. » Le Génie lui dit que son commandement allait être exécuté incessamment, et il disparut.

Très-peu de temps après, le Génie se
fit revoir accompagné de quarante esclaves noirs, chacun chargé d'un bassin
d'or massif du poids de vingt marcs sur la
tête, pleins de perles, de diamans, de rubis et d'émeraudes, mieux choisies, même
pour la beauté et pour la grosseur, que
celles qui avait déjà été présentées au
Sultan ; chaque bassin était couvert d'une
toile d'argent à fleurons d'or. Tous ces
esclaves, tant noirs que blancs, avec les
plats d'or, occupaient presque toute la
maison, qui était assez médiocre, avec
une petite cour sur le devant, et un petit
jardin sur le derrière. Le Génie demanda
à Aladdin s'il était content, et s'il avait
encore quelqu'autre commandement à lui
faire. Aladdin lui dit qu'il ne lui deman-

dait rien davantage ; et il disparut aussitôt.

La mère d'Aladdin revint du marché ;
et, en entrant, elle fut dans une grande
surprise, de voir tant de monde et tant
de richesses. Quand elle se fut déchargée
des provisions qu'elle apportait, elle voulut ôter le voile qui lui couvrait le visage ;
mais Aladdin l'en empêcha. « Ma mère,
dit-il, il n'y a pas de temps à perdre :
avant que le Sultan achève de tenir le
divan, il est important que vous retour-
niez au palais, et que vous y conduisiez
incessamment le présent et la dot de la
princesse Badroulboudour, qu'il m'a de-
mandés, afin qu'il juge, par ma diligence
et par mon exactitude, du zèle ardent et
sincère que j'ai de me procurer l'honneur
d'entrer dans son alliance. »

Sans attendre la réponse de sa mère,
Aladdin ouvrit la porte sur la rue ; et il
fit défiler successivement tous ces esclaves, en faisant toujours marcher un esclave blanc suivi d'un esclave noir, chargé
d'un bassin d'or sur la tête, et ainsi jusqu'au
dernier. Et, après que sa mère fut sortie

en suivant le dernier esclave noir, il ferma la porte, et il demeura tranquillement
dans sa chambre, avec l'espérance que le
Sultan, après ce présent tel qu'il l'avait
demandé, voudrait bien le recevoir enfin
pour son gendre.

Le premier esclave blanc qui était sorti
de la maison d'Aladdin, avait fait arrêter
tous les passans qui l'aperçurent; et avant
que les quatre-vingts esclaves, entremêlés de blancs et de noirs, eussent achevé
de sortir, la rue se trouva pleine d'une
grande foule de peuple qui accourait de
toutes parts pour voir un spectacle si
magnifique et si extraordinaire. L'habillement de chaque esclave était si riche en
étoffes et en pierreries, que les meilleurs
connaisseurs ne crurent pas se tromper
en faisant monter chaque habit à plus
d'un million. La grande propreté, l'ajustement bien entendu de chaque habillement, la bonne grâce, le bel air, la taille
uniforme et avantageuse de chaque esclave, leur marche grave à une distance
égale les uns des autres, avec l'éclat des
pierreries, d'une grosseur excessive, en-

châssées autour de leurs ceintures d'or
massif, dans une belle symétrie, et les en-
seignes aussi de pierreries attachées à leurs
bonnets, qui étaient d'un goût tout particulier, mirent toute cette foule de spec-
tateurs dans une admiration si grande,
qu'ils ne pouvaient se lasser de les regarder et de les conduire des yeux aussi
loin qu'il leur était possible. Mais les rues
étaient tellement bordées de peuple, que
chacun était contraint de rester dans la
place où il se trouvait.

Comme il fallait passer par plusieurs
rues pour arriver au palais, cela fit qu'une
bonne partie de la ville, gens de toutes
sortes d'états et de conditions, furent témoins d'une pompe si ravissante. Le premier des quatre-vingts esclaves arriva à la
porte de la première cour du palais ; et
les portiers, qui s'étaient mis en haie dès
qu'ils s'étaient aperçus que cette file merveilleuse approchait, le prirent pour un
roi, tant il était richement et magnifiquement habillé ; ils s'avancèrent pour lui
baiser le bas de sa robe ; mais l'esclave,
instruit par le Génie, les arrêta, et il

leur dit gravement : « Nous ne sommes que des esclaves ; notre maître paraîtra quand il en sera temps. »

Le premier esclave, suivi de tous les autres, avança jusqu'à la seconde cour, qui était très-spacieuse, et où la maison du Sultan était rangée pendant la séance du divan. Les officiers, à la tête de chaque troupe, étaient d'une grande magnificence ; mais elle fut effacée à la présence des quatre-vingts esclaves porteurs du présent d'Aladdin, et qui en faisaient eux-mêmes partie. Rien ne parut si beau et si éclatant dans toute la maison du Sultan ; et tout le brillant des seigneurs de sa Cour qui l'environnaient, n'était rien en comparaison de ce qui se présentait alors à sa vue.

Comme le Sultan avait été averti de la marche et de l'arrivée de ces esclaves, il avait donné ses ordres pour les faire entrer. Ainsi, dès qu'ils se présentèrent, ils trouvèrent l'entrée du divan libre, et ils y entrèrent dans un bel ordre, une partie à droite, et l'autre à gauche. Après qu'ils furent tous entrés, et qu'ils eurent

formé un grand demi-cercle devant le
trône du Sultan, les esclaves noirs po-
sèrent chacun le bassin qu'ils portaient
sur le tapis de pied. Ils se prosternèrent
tous ensemble, en frappant du front contre le tapis. Les esclaves blancs firent la
même chose en même temps. Ils se re-
levèrent tous ; et les noirs, en le faisant, découvrirent adroitement les bassins qui étaient devant eux, et tous demeurèrent debout, les mains croisées sur
la poitrine, avec une grande modestie.

La mère d'Aladdin, qui cependant s'é-
tait avancée jusqu'au pied du trône, dit
au Sultan, après s'être prosternée : « Sire,
Aladdin mon fils n'ignore pas que ce présent qu'il envoie à Votre Majesté, ne soit
beaucoup au-dessous de ce que mérite
la princesse Badroulboudour ; il espère
néanmoins que Votre Majesté l'aura pour
agréable, et qu'elle voudra bien le faire
agréer aussi à la princesse, avec d'autant
plus de confiance, qu'il a tâché de se
conformer à la condition qu'il lui a plu
de lui imposer. »

Le Sultan n'était pas en état de faire

attention au compliment de la mère d'A-
laddin. Le premier coup d'œil jeté sur
les quarante bassins d'or, pleins à comble
des joyaux les plus brillans, les plus écla-
tans , les plus précieux que l'on eût jamais
vus au monde, et les quatre-vingts esclaves
qui paraissaient autant de Rois, tant par
leur bonne mine que par la richésse et la
magnificence surprenante de leur habillement, l'avait frappé d'une manière qu'il
ne pouvait revenir de son admiration.
Au lieu de répondre au compliment de
la mère d'Aladdin, il s'adressa au grand-
visir, qui ne pouvait comprendre lui-
même d'où une si grande profusion de
richesses pouvait être venue : « Eh bien!
visir, dit-il publiquement, que pensez-
vous de celui, quel qu'il puisse être, qui
m'envoie un présent si riche et si extraordinaire, et que ni moi ni vous ne con-
naissons pas? Le croyez-vous indigne
d'épouser la princesse Badroulboudour
ma fille? »

Quelque jalousie et quelque douleur
qu'eût le grand-visir, de voir qu'un inconnu allait devenir le gendre du Sul-

tan, préférablement à son fils, il n'osa
néanmoins dissimuler son sentiment. Il
était trop visible que le présent d'Aladdin était plus que suffisant pour mériter
qu'il fût reçu dans une si haute alliance.
Il répondit donc au Sultan, et en entrant
dans son sentiment : « Sire, dit-il, bien
loin d'avoir la pensée que celui qui fait
à Votre Majesté un présent si digne
d'elle, soit indigne de l'honneur qu'elle
veut lui faire, j'oserais dire qu'il mériterait davantage, si je n'étais persuadé qu'il
n'y a pas de trésor au monde assez riche
pour être mis dans la balance avec la
princesse fille de Votre Majesté. » Les
seigneurs de la Cour, qui étaient dans
la séance du conseil, témoignèrent, par
leurs applaudissemens, que leurs avis
n'étaient pas différens de celui du grand-
visir.

Le Sultan ne différa plus ; il ne pensa
pas même à s'informer si Aladdin avait
les autres qualités convenables à celui qui
pouvait aspirer à devenir son gendre. La
seule vue de tant de richesses immenses,
et la diligence avec laquelle Aladdin ve-

naît de satisfaire à sa demande, sans avoir formé la moindre difficulté sur des conditions aussi exorbitantes que celles qu'il lui avait imposées, lui persuadèrent aisément qu'il ne lui manquait rien de tout ce qui pouvait le rendre accompli et tel qu'il le désirait. Ainsi, pour renvoyer la mère d'Aladdin avec la satisfaction qu'elle pouvait désirer, il lui dit: «Bonne femme, allez dire à votre fils que je l'attends pour le recevoir à bras ouverts et pour l'embrasser; et que plus il fera de diligence pour venir recevoir de ma main le don que je lui fais de la princesse ma fille, plus il me fera de plaisir. »

Dès que la mère d'Aladdin se fut retirée avec la joie dont une femme de sa condition peut être capable en voyant son fils parvenu à une si haute élévation, contre son attente, le Sultan mit fin à l'audience de ce jour; et en se levant de son trône, il ordonna que les eunuques attachés au service de la princesse vinssent enlever les bassins, pour les porter à l'appartement de leur maîtresse, où il se rendit pour les examiner avec elle à loi-

sir; et cet ordre fut exécuté sur-le-champ
par les soins du chef des eunuques.

Les quatre - vingts esclaves blancs et
noirs ne furent pas oubliés : on les fit entrer dans l'intérieur du palais ; et quelque temps après, le Sultan, qui venait
de parler de leur magnificence à la princesse Badroulboudour, commanda qu'on
les fit venir devant l'appartement, afin
qu'elle les considérât au travers des jalousies, et qu'elle connût que, bien loin
d'avoir rien exagéré dans le récit qu'il
venait de lui faire, il lui en avait dit
beaucoup moins que ce qui en était.

La mère d'Aladdin cependant arriva
chez elle avec un air qui marquait par
avance la bonne nouvelle qu'elle apportait à son fils. « Mon fils, lui dit - elle,
vous avez tout sujet d'être content : vous
êtes arrivé à l'accomplissement de vos
souhaits, contre mon attente, et vous
savez ce que je vous en avais dit. Afin de
ne vous pas tenir trop long-temps en sus-
pens, le Sultan, avec l'applaudissement
de toute sa Cour, a déclaré que vous êtes
digne de posséder la princesse Badroul-

boudour. Il vous attend pour vous embrasser et pour conclure votre mariage.
C'est à vous de songer aux préparatifs
pour cette entrevue, afin qu'elle réponde
à la haute opinion qu'il a conçue de votre
personne; mais après ce que j'ai vu des
merveilles que vous savez faire, je suis
persuadée que rien n'y manquera. Je ne
dois pas oublier de vous dire encore que
le Sultan vous attend avec impatience :
ainsi, ne perdez pas de temps à vous
rendre auprès de lui. »

Aladdin, charmé de cette nouvelle,
et tout plein d'un objet qui l'avait enchanté, dit peu de paroles à sa mère, et
se retira dans sa chambre. Là, après
avoir pris la lampe qui lui avait été si
officieuse jusqu'alors en tous ses besoins
et en tout ce qu'il avait souhaité, il ne
l'eut pas plutôt frottée, que le Génie continua de marquer son obéissance, en pa-
raissant d'abord sans se faire attendre.
« Génie, lui dit Aladdin, je t'ai appelé
pour me faire prendre le bain tout à
l'heure; et quand je l'aurai pris, je veux
que tu me tiennes prêt un habillement le

plus riche et le plus magnifique que jamais monarque ait porté. » Il eut à peine
achevé de parler, que le Génie, en le rendant invisible comme lui, l'enleva et le
transporta dans un bain tout de marbre
le plus fin, et de différentes couleurs les
plus belles et les plus diversifiées. Sans
voir qui le servait, il fut déshabillé dans
un salon spacieux et d'une grande propreté. Du salon, on le fit entrer dans le
bain, qui était d'une chaleur modérée,
et là il fut frotté et lavé avec plusieurs
sortes d'eaux de senteur. Après l'avoir
fait passer par tous les degrés de chaleur,
selon les différentes pièces du bain, il en
sortit, mais tout autre que quand il y
était entré : son teint se trouva frais,
blanc, vermeil, et son corps beaucoup
plus léger et plus dispos. Il rentra dans
le salon, et il ne trouva plus l'habit qu'il
y avait laissé : le Génie avait eu soin de
mettre en sa place celui qu'il lui avait
demandé. Aladdin fut surpris en voyant
la magnificence de l'habit qu'on lui avait
substitué. Il s'habilla avec l'aide du Génie,
en admirant chaque pièce à mesure qu'il

la prenait : tant elles étaient toutes au-
delà de ce qu'il aurait pu imaginer ! Quand
il eut achevé, le Génie le reporta chez
lui dans la même chambre où il l'avait
pris. Alors il lui demanda s'il avait autre
chose à lui commander. « Oui, répondit
Aladdin, j'attends de toi que tu m'amènes
au plus tôt un cheval, qui surpasse en
beauté et en bonté le cheval le plus es-
timé qui soit dans l'écurie du Sultan, dont
la housse, la selle, la bride et tout le har-
nois vaille plus d'un million. Je demande
aussi que tu me fasses venir en même temps
vingt esclaves, habillés aussi richement et
aussi lestement que ceux qui ont apporté
le présent, pour marcher à mes côtés et à
ma suite en troupe, et vingt autres semblables pour marcher devant moi en deux
files. Fais venir aussi à ma mère six femmes esclaves pour la servir, chacune habillée aussi richement au moins que les
femmes esclaves de la princesse Badroulboudour, et chargées chacune d'un habit
complet aussi magnifique et aussi pom-
peux que pour la Sultane. J'ai besoin de
dix mille pièces d'or en dix bourses. Voilà,

ajouta-t-il, ce que j'avais à te commander. Va, et fais diligence. »

Dès qu'Aladdin eut achevé de donner
ses ordres aux Génie , le Génie disparut,
et bientôt après il se fit revoir avec le
cheval, et les quarante esclaves, dont
dix portaient chacun une bourse de dix
mille pièces d'or, et avec six femmes esclaves, chargées sur la tête chacune d'un
habit différent pour la mère d'Aladdin,
enveloppé dans une toile d'argent ; et le
Génie présenta le tout à Aladdin.

Des dix bourses, Aladdin n'en prit
que quatre qu'il donna à sa mère, en lui
disant que c'était pour s'en servir dans
ses besoins. Il laissa les six autres entre
les mains des esclaves qui les portaient,
avec ordre de les garder, et de les jeter
au peuple par poignées en passant par
les rues, dans la marche qu'ils devaient
faire pour se rendre au palais du Sultan.
Il ordonna aussi qu'ils marcheraient devant lui avec les autres, trois à droite et
trois à gauche. Il présenta enfin à sa mère
les six femmes esclaves, en lui disant
qu'elles étaient à elle, et qu'elle pouvait

s'en servir comme leur maîtresse, et que les habits qu'elles avaient apportés étaient pour son usage.

Quand Aladdin eut disposé toutes ses affaires, il dit au Génie, en le congédiant, qu'il l'appellerait quand il aurait besoin de son service; et le Génie disparut aussitôt. Alors Aladdin ne songea plus qu'à répondre au plus tôt au désir que le Sultan avait témoigné de le voir. Il dépêcha au palais un des quarante esclaves, je ne dirai pas le mieux fait, ils l'étaient tous également, avec ordre de s'adresser au chef des huissiers, et de lui demander quand il pourrait avoir l'honneur d'aller se jeter aux pieds du Sultan. L'esclave ne fut pas long-temps à s'acquitter de son message : il apporta pour réponse que le Sultan l'attendait avec impatience.

Aladdin ne différa pas de monter à cheval, et de se mettre en marche dans l'ordre que nous avons marqué. Quoique jamais il n'eut monté à cheval, il y parut néanmoins pour la première fois avec tant de bonne grâce, que le cavalier le plus

expérimenté ne l'eût pas pris pour un no-
vice. Les rues par où il passa furent remplies presqu'en un moment d'une foule
innombrable de peuple, qui faisait retentir l'air d'acclamations, de cris d'admiration et de bénédictions, chaque fois
particulièrement que les six esclaves qui
avaient les bourses faisaient voler des
poignées de pièces d'or en l'air à droite
et à gauche. Ces acclamations néanmoins
ne venaient pas de la part de ceux qui se
poussaient et qui se baissaient pour ra-
masser de ces pièces ; mais de ceux qui,
d'un rang au-dessus du menu peuple, ne
pouvaient s'empêcher de donner publiquement à la libéralité d'Aladdin les
louanges qu'elle méritait. Non-seulement
ceux qui se souvenaient de l'avoir vu jouer
dans les rues dans un âge déjà avancé,
comme vagabond, ne le reconnaissaient
plus ; ceux mêmes qui l'avaient vu il n'y
avait pas long-temps, avaient de la peine
à le remettre, tant il avait les traits chan-
gés. Cela venait de ce que la lampe avait
cette propriété de procurer par degrés à
ceux qui la possédaient, les perfections

convenables à l'état auquel ils parve-
naient, par le bon usage qu'ils en faisaient.
On fit alors beaucoup plus d'attention à
la personne d'Aladdin qu'à la pompe qui
l'accompagnait, que la plupart avait déjà
remarquée le même jour dans la marche
des esclaves qui avaient porté ou accompagné le présent. Le cheval néanmoins
fut admiré par les bons connaisseurs, qui
surent en distinguer la beauté, sans se
laisser éblouir ni par la richesse, ni par le
brillant des diamans et des autres pierreries dont il était couvert. Comme le bruit
s'était répandu que le Sultan lui donnait
la princesse Badroulboudour en mariage,
personne, sans avoir égard à sa naissance,
ne porta envie à sa fortune ni à son élévation, tant il en parut digne !

Aladdin arriva au palais, où tout était
disposé pour le recevoir. Quand il fut à
la seconde porte, il voulut mettre pied à
terre, pour se conformer à l'usage observé
par le grand-visir, par les généraux d'armée et les gouverneurs de provinces du
premier rang ; mais le chef des huissiers,
qui l'y attendait par ordre du Sultan, l'en

empêcha, et l'accompagna jusque près de
la salle du conseil ou de l'audience, où il
l'aida à descendre de cheval, quoiqu'Aladdin s'y opposât fortement, et ne le voulût
pas souffrir; mais il n'en fut pas le maître.
Cependant les huissiers faisaient une double haie à l'entrée de la salle. Leur chef
mit Aladdin à sa droite; et après l'avoir
fait passer au milieu, il le conduisit jusqu'au trône du Sultan.

Dès que le Sultan eut aperçu Aladdin,
il ne fut pas moins étonné de le voir vêtu
plus richement et plus magnifiquement
qu'il ne l'avait jamais été lui-même, que
surpris de sa bonne mine, de sa belle taille,
et d'un certain air de grandeur fort éloigné
de l'état de bassesse dans lequel sa mère
avait paru devant lui. Son étonnement et
sa surprise néanmoins ne l'empêchèrent
pas de se lever et de descendre deux ou
trois marches de son trône assez promptement pour empêcher Aladdin de se jeter
à ses pieds, et pour l'embrasser avec une
démonstration pleine d'amitié. Après cette
civilité, Aladdin voulut encore se jeter
aux pieds du Sultan; mais le Sultan le

retint par la main, et l'obligea de monter
et de s'asseoir entre le visir et lui.

Alors Aladdin prit la parole : « Sire,
dit-il, je reçois les honneurs que Votre
Majesté me fait, parce qu'elle a la bonté
et qu'il lui plaît de me les faire; mais elle
me permettra de lui dire que je n'ai point
oublié que je suis né son esclave, que je
connais la grandeur de sa puissance, et
que je n'ignore pas combien ma naissance
me met au-dessous de la splendeur et de
l'éclat du rang suprême où elle est élevée.
S'il y a quelque endroit, continua-t-il,
par où je puisse avoir mérité un accueil si
favorable, j'avoue que je ne le dois qu'à
la hardiesse qu'un pur hasard m'a fait
naître, d'élever mes yeux, mes pensées
et mes désirs jusqu'à la divine princesse
qui fait l'objet de mes souhaits. Je demande pardon à Votre Majesté de ma
témérité; mais je ne puis dissimuler que
je mourrais de douleur, si je perdais l'espérance d'en voir l'accomplissement. »

« Mon fils, répondit le Sultan en l'embrassant une seconde fois, vous me feriez
tort de douter un seul moment de la sin-

cérité de ma parole. Votre vie m'est trop
chère désormais pour ne vous la pas conserver, en vous présentant le remède qui
est en ma disposition. Je préfère le plaisir
de vous voir et de vous entendre, à tous
mes trésors joints avec les vôtres. »

En achevant ces paroles, le Sultan fit
un signal, et aussitôt on entendit l'air retentir du son des trompettes, des hautbois
et des timbales, et en même-temps le
Sultan conduisit Aladdin dans un magnifique salon où on servit un superbe festin. Le Sultan mangea seul avec Aladdin.
Le grand-visir et les seigneurs de la Cour,
chacun selon leur dignité et selon leur
rang, les accompagnèrent pendant le repas. Le Sultan, qui avait toujours les yeux
sur Aladdin, tant il prenait plaisir à le
voir, fit tomber le discours sur plusieurs
sujets différens. Dans la conversation
qu'ils eurent ensemble pendant le repas,
et sur quelque matière qu'il le mît, il parla
avec tant de connaissance et de sagesse,
qu'il acheva de confirmer le Sultan dans
la bonne opinion qu'il avait conçue de lui
d'abord.

Le repas achevé, le Sultan fit appeler le premier juge de sa capitale, et lui commanda de dresser et de mettre au net sur-le-champ le contrat de mariage de la princesse Badroulboudour, sa fille, et d'Aladdin. Pendant ce temps-là, le Sultan s'entretint avec Aladdin de plusieurs choses indifférentes, en présence du grand-visir et des seigneurs de sa Cour, qui admirèrent la solidité de son esprit, et la grande facilité qu'il avait de parler et de s'énoncer, et les pensées fines et délicates dont il assaisonnait son discours.

Quand le juge eut achevé le contrat dans toutes les formes requises, le Sultan demanda à Aladdin s'il voulait rester dans le palais pour terminer les cérémonies du mariage le même jour : « Sire, répondit Aladdin, quelqu'impatience que j'aie de jouir pleinement des bontés de Votre Majesté, je la supplie de vouloir bien permettre que je les diffère jusqu'à ce que j'aie fait bâtir un palais pour y recevoir la princesse selon son mérite et sa dignité. Je la prie, pour cet effet, de m'accorder une place convenable dans le sien, afin

que je sois plus à portée de lui faire ma
cour. Je n'oublierai rien pour faire en
sorte qu'il soit achevé avec toute la diligence possible. » « Mon fils, lui dit le
Sultan, prenez tout le terrain que vous
jugerez à propos ; le vide est trop grand
devant mon palais, et j'avais déjà songé
moi-même à le remplir ; mais souvenez-
vous que je ne puis assez tôt vous voir
uni avec ma fille, pour mettre le comble
à ma joie. » En achevant ces paroles, il
embrassa encore Aladdin, qui prit congé
du Sultan avec la même politesse que s'il
eût été élevé et qu'il eût toujours vécu à
la Cour.

Aladdin remonta à cheval, et il retourna
chez lui dans le même ordre qu'il était
venu, au travers de la même foule, et
aux acclamations du peuple, qui lui souhaitait toute sorte de bonheur et de pros-
périté. Dès qu'il fut rentré, et qu'il eut
mis pied à terre, il se retira dans sa chambre en particulier ; il prit la lampe, et il
appela le Génie comme il avait accoutumé. Le Génie ne se fit pas attendre ;
il parut, et il lui fit offre de ses services.

« Génie, lui dit Aladdin, j'ai tout sujet
de me louer de ton exactitude à exécuter
ponctuellement tout ce que j'ai exigé de
toi jusqu'à présent, par la puissance de
cette lampe ta maîtresse. Il s'agit aujour-
d'hui que, pour l'amour d'elle, tu fasse
paraître, s'il est possible, plus de zèle et
plus de diligence que tu n'as encore fait.
Je te demande donc qu'en aussi peu de
temps que tu le pourras, tu me fasses bâtir
vis-à-vis du palais du Sultan, à une juste
distance, un palais digne d'y recevoir la
princesse Badroulboudour mon épouse.
Je laisse à ta liberté le choix des matériaux, c'est-à-dire, du porphyre, du jaspe,
de l'agate, du lapis et du marbre le plus
fin, le plus varié en couleurs, et du reste
de l'édifice ; mais j'entends qu'au plus haut
de ce palais, tu fasses élever un grand
salon en dôme, à quatre fasses égales,
dont les assises ne soient d'autres matières
que d'or et d'argent massif, posées alter-
nativement, avec douze croisées, six à
chaque face, et que les jalousies de chaque
croisée, à la réserve d'une seule que je
veux qu'on laisse imparfaite, soient en-

richies, avec art et symétrie, de diamans,
de rubis et d'émeraudes, de manière que
rien de pareil en ce genre n'ait été vu dans
le monde. Je veux aussi que ce palais soit
accompagné d'une avant-cour, d'une cour,
d'un jardin; mais, sur toutes choses, qu'il
y ait, dans un endroit que tu me diras,
un trésor bien rempli d'or et d'argent
monnoyé. Je veux aussi qu'il y ait dans
ce palais des cuisines, des offices, des magasins, des garde-meubles garnis de meu-
bles précieux pour toutes les saisons, et
proportionnés à la magnificence du palais; des écuries remplies des plus beaux
chevaux, avec leurs écuyers et leurs pa-
lefreniers, sans oublier un équipage de
chasse. Il faut qu'il y ait aussi des officiers
de cuisine et d'office, et des femmes esclaves, nécessaires pour le service de la
princesse. Tu dois comprendre quelle est
mon intention : va, et reviens quand cela
sera fait. »

Le soleil venait de se coucher quand
Aladdin acheva de charger le Génie de la
construction du palais qu'il avait imaginé.
Le lendemain, à la petite pointe du jour,

Aladdin, à qui l'amour de la princesse ne permettait pas de dormir tranquillement, était à peine levé, que le Génie se présenta à lui : « Seigneur, dit-il, votre palais est achevé; venez voir si vous en êtes content. » Aladdin n'eut pas plutôt témoigné qu'il le voulait bien, que le Génie l'y transporta en un instant. Aladdin le trouva si fort au-dessus de son attente, qu'il ne pouvait assez l'admirer. Le Génie le conduisit en tous les endroits, et partout il ne trouva que richesses, que propreté et que magnificence, avec des officiers et des esclaves, tous habillés selon leur rang et selon les services auxquels ils étaient destinés. Il ne manqua pas, comme une des choses pricipales, de lui faire voir le trésor, dont la porte fut ouverte par le trésorier; et Aladdin y vit des tas de bourses de différentes grandeurs, selon les sommes qu'elles contenaient, élevés jusqu'à la voûte, et disposés dans un arrangement qui faisait plaisir à voir. En sortant, le Génie l'assura de la fidélité du trésorier. Il le mena ensuite aux écuries; et là il lui fit remar-

quer les plus beaux chevaux qu'il y eût
au monde, et les palfreniers dans un grand
mouvement, occupés à les panser. Il le
fit passer ensuite par des magasins remplis
de toutes les provisions nécessaires, tant
pour les ornemens des chevaux que pour
leur nourriture.

Quand Aladdin eut examiné tout le
palais, d'appartement en appartement,
et de pièce en pièce, depuis le haut
jusqu'en bas, et particulièrement le salon
à vingt-quatre croisées, et qu'il y eut
trouvé des richesses, et de la magnificence, avec toutes sortes de commodités au-delà de ce qu'il s'en était promis, il dit au Génie : « Génie, on ne
peut être plus content que je le suis ;
et j'aurais tort de me plaindre. Il reste
une seule chose dont je ne t'ai rien dit,
par ce que je ne m'en étais pas avisé :
c'est d'étendre depuis la porte du palais
du Sultan, jusqu'à la porte de l'appartement destiné pour la princesse dans
ce palais-ci, un tapis du plus beau velours, afin qu'elle marche dessus en
venant du palais du Sultan. » « Je re-

viens dans un moment, dit le Génie. »
Et comme il eut disparu, peu de temps
après Aladdin fut étonné de voir ce
qu'il avait souhaité exécuté sans savoir
comment cela s'était fait. Le Génie reparut, et il reporta Aladdin chez lui,
dans le temps qu'on ouvrait la porte
du palais du Sultan.

Les portiers du palais, qui venaient
d'ouvrir la porte, et qui avaient toujours eu la vue libre du côté où était
alors le palais d'Aladdin, furent fort
étonnés de la voir bornée, et de voir
un tapis de velours qui venait de ce
côté-là jusqu'à la porte de celui du
Sultan. Ils ne distinguèrent pas bien
d'abord ce que c'était ; mais leur surprise augmenta quand ils eurent aperçu
distinctement le superbe palais d'Aladdin. La nouvelle d'une merveille si surprenante fut répandue dans tout le palais, et en très-peu de temps. Le grand-
visir, qui était arrivé presqu'à l'ouverture
de la porte du palais, n'avait pas été
moins surpris de cette nouveauté que
les autres ; il en fit part au Sultan le

premier ; mais il voulut lui faire passer la chose pour un enchantement. « Visir, reprit le Sultan, pourquoi voulez-vous que ce soit un enchantement? Vous savez aussi bien que moi que c'est le palais qu'Aladdin a fait bâtir, par la permission que je lui en ai donnée en votre présence, pour loger la princesse ma fille. Après l'échantillon de ses richesses que nous avons vu, pouvons-nous trouver étrange qu'il ait fait bâtir ce palais en si peu de temps? Il a voulu nous surprendre, et nous faire voir qu'avec l'argent comptant on peut faire de ces miracles d'un jour à l'autre. Avouez avec moi que l'enchantement dont vous avez voulu parler vient d'un peu de jalousie. » L'heure d'entrer au conseil l'empêcha de continuer ce discours plus long-temps.

Quand Aladdin eut été reporté chez lui, et qu'il eut congédié le Génie, il trouva que sa mère était levée, et qu'elle commençait à se parer d'un des habits qu'il lui avait fait apporter. A peu près vers le temps que le Sultan

venait de sortir du conseil, Aladdin
disposa sa mère à aller au palais avec
les mêmes femmes esclaves qui lui étaient
venues par le ministère du Génie. Il la
pria, si elle voyait le Sultan, de lui
marquer qu'elle venait pour avoir l'honneur d'accompagner la princesse vers le
soir, quand elle serait en état de passer
à son palais. Elle partit ; mais quoiqu'elle et ses femmes esclaves qui la
suivaient fussent habillées en sultanes,
la foule néanmoins fut d'autant moins
grande à les voir passer, qu'elles étaient
voilées, et qu'un surtout convenable
couvrait la richesse et la magnificence de
leurs habillemens. Pour ce qui est d'A-
laddin, il monta à cheval ; et après
être sorti de sa maison paternelle, pour
n'y p lus revenir, sans avoir oublié la
Lampe Merveilleuse, dont le secours lui
avait été si avantageux pour parvenir
au comble de son bonheur, il se rendit
publiquement à son palais avec la même
pompe qu'il était allé se présenter au
Sultan le jour de devant.

Dès que les portiers du palais du

Sultan eurent aperçu la mère d'Aladdin
qui venait, ils en avertirent le Sultan.
Aussitôt l'ordre fut donné aux troupes
de trompettes, de timbales, de tambours, de fifres et de haut-bois, qui
étaient déjà postées en différens endroits
des terrasses du palais ; et en un moment l'air retentit de fanfares et de
concerts qui annoncèrent la joie à toute
la ville. Les marchands commencèrent
à parer leur boutiques de beaux tapis,
de coussins et de feuillages, et à préparer des illuminations pour la nuit. Les
artisans quittèrent leur travail, et le
peuple se rendit avec empressement à
la grande place, qui se trouva alors
entre le palais du Sultan et celui d'A-
laddin. Ce dernier attira d'abord leur
admiration, non tant à cause qu'ils
étaient accoutumés à voir celui du Sultan, que parce que celui du Sultan ne
pouvait entrer en comparaison avec celui
d'Aladdin ; mais le sujet de leur plus
grand étonnement fut de ne pouvoir
comprendre par quelle merveille inouie
ils voyaient un palais si magnifique dans

un lieu où le jour d'auparant il n'y avait ni matériaux ni fondemens préparés.

La mère d'Aladdin fut reçue dans le palais avec honheur, et introduite dans l'appartement de la princesse Badroulboudour par le chef des eunuques. Aussitôt que la princesse l'aperçut, elle alla l'embrasser, et lui fit prendre place sur son sofa ; et pendant que ses femmes achevaient de l'habiller et de la parer des joyaux le plus précieux dont Aladdin lui avait fait présent, elle la fit régaler d'une collation magnifique. Le Sultan, qui venait pour être auprès de la princesse sa fille le plus de temps qu'il pourrait, avant qu'elle se séparât d'avec lui pour passer au palais d'Aladdin, lui fit aussi de grands honneurs. La mère d'Aladdin avait parlé plusieurs fois au Sultan en public ; mais il ne l'avait point encore vue sans voile, comme elle était alors. Quoiqu'elle fût dans un âge un peu avancé, on y observait encore des traits qui faisaient assez connaître qu'elle avait été du nombre des belles dans sa jeunesse. Le Sultan, qui l'avait toujours vue habillée fort simplement, pour ne pas dire pauvrement, était dans l'admiration de la voir aussi richement et aussi magnifiquement vêtue que la princesse sa fille. Cela lui fit faire cette réflexion, qu'Aladdin était également prudent, sage et entendu en toutes choses.

Quand la nuit fut venue, la princesse prit congé du Sultan son père. Leurs adieux furent tendres et mêlés de larmes; ils s'embrassèrent plusieurs fois sans se rien dire; et enfin la princesse sortit de son appartement, et se mit en marche avec la mère d'Aladdin à sa gauche, et suivie de cent femmes esclaves, habillées d'une magnificence surprenante. Toutes les troupes d'instrumens, qui n'avaient cessé de se faire entendre depuis l'arrivée de la mère d'Aladdin, s'étaient réunies, et commençaient cette marche : elles étaient suivies par cent chiaoux *, et par un pareil nombre d'eunuques noirs

* Espèce d'huissier.

en deux files, avec leurs officiers à leur
tête. Quatre cents jeunes pages du Sultan,
en deux bandes, qui marchaient sur les
côtés, en tenant chacun un flambeau à la
main, faisaient une lumière qui, jointe
aux illuminations, tant du palais du
Sultan que de celui d'Aladdin, suppléait
merveilleusement au défaut du jour.

Dans cet ordre, la princesse marcha
sur le tapis étendu depuis le palais du
Sultan jusqu'au palais d'Aladdin ; et à
mesure qu'elle avançait, les instrumens
qui étaient à la tête de la marche, en
s'approchant et se mêlant avec ceux
qui se faisaient entendre du haut des
terrasses du palais d'Aladdin, formè-
rent un concert qui, tout extraordinaire et confus qu'il paraissait, ne laissait pas d'augmenter la joie, non-seulement dans la place, remplie d'un grand
peuple, mais même dans les deux palais,
dans toute la ville, et bien loin au-
dehors.

La princesse arriva enfin au nouveau
palais, et Aladdin courut avec toute
la joie imaginable à l'entrée de l'appar-

tement qui était destiné pour la recevoir. La mère d'Aladdin avait eu soin
de faire distinguer son fils à la princesse, au milieu des officiers qui l'environnaient ; et la princesse, en l'aper-
cevant, le trouva si bien fait, qu'elle
en fut charmée. « Adorable princesse,
lui dit Aladdin en l'abordant et en la
saluant très respectueusement, si j'avais
le malheur de vous avoir déplu par la
témérité que j'ai eue d'aspirer à la possession d'une si aimable princesse, fille
de mon Sultan, j'ose vous dire que ce
serait à vos beaux yeux et à vos charmes
que vous devriez vous en prendre, et
non pas à moi. » « Prince, que je suis
en droit de traiter ainsi à présent, lui
répondit la princesse, j'obéis à la volonté du Sultan mon père ; et il me
suffit de vous avoir vu, pour vous dire
que je lui obéis sans répugnance. »

Aladdin, charmé d'une réponse si
agréable et si satisfaisante pour lui, ne
laissa pas plus long-temps la princesse
debout, après le chemin qu'elle venait
de faire, à quoi elle n'était point accou-

tumée ; il lui prit la main , qu'il baisa
avec une grande démonstration de joie ,
et il la conduisit dans un grand salon
éclairé d'une infinité de bougies, où ,
par les soins du Génie, la table se trouva
servie d'un superbe festin. Les plats
étaient d'or massif, et remplis des viandes les plus délicieuses. Les vases, les
bassins , les gobelets , dont le buffet
était très-bien garni , étaient aussi d'or
et d'un travail exquis. Les autres ornemens et tous les embellisemens du salon
répondaient parfaitement à cette grande
richesse. La princesse, enchantée de voir
tant de richesses rassemblées dans un
même lieu, dit à Aladdin : « Prince,
je croyais que rien au monde n'était
plus beau que le palais du Sultan mon
père ; mais à voir ce seul salon , je
m'aperçois que je m'étais trompée. »
« Princesse, répondit Aladdin, en la
faisant mettre à table à la place qui lui
était destinée , je reçois une si grande
honnêteté comme je le dois; mais je
sais ce que je dois croire. »

La princesse Badroulboudour, Aladdin

et la mère d'Aladdin se mirent à table;
et aussitôt un chœur d'instrumens les plus
harmonieux, touchés et accompagnés de
très-belles voix de femmes toutes d'une
grande beauté, commença un concert
qui dura sans interruption jusqu'à la fin
du repas. La princesse en fut si charmée, qu'elle dit qu'elle n'avait rien entendu de pareil dans le palais du Sultan
son père. Mais elle ne savait pas que
ces musiciennes étaient des fées choisies
par le Génie esclave de la lampe.

Quand le souper fut achevé, et que
l'on eut desservi en diligence, une troupe
de danseurs et de danseuses succédèrent
aux musiciennes. Ils dansèrent plusieurs
sortes de danses figurées, selon la coutume du pays, et ils finirent par un
danseur et une danseuse, qui dansèrent
seuls avec une légèreté surprenante, et
firent paraître chacun à leur tour toute la
bonne grâce et l'adresse dont ils étaient
capables. Il était près de minuit quand,
selon la coutume de la Chine dans ce
temps-là, Aladdin se leva, et présenta

la main à la princesse Badroulboudour,
pour danser ensemble, et terminer ains
les cérémonies de leurs noces. Ils dansèrent d'un si bon air, qu'ils firent l'admiration de toute la compagnie. En
achevant, Aladdin ne quitta pas la main
de la princesse, et ils passèrent ensemble
dans l'appartement où le lit nuptial
était préparé. Les femmes de la princesse servirent à la déshabiller, et la
mirent au lit; et les officiers d'Aladdin
en firent autant, et chacun se retira.
Ainsi furent terminées les cérémonies
et les réjouissances des noces d'Aladdin
et de la princesse Badroulboudour.

Le lendemain, quand Aladdin fut
éveillé, ses valets de chambre se présentèrent pour l'habiller. Ils lui mirent
un habit différent de celui du jour des
noces, mais aussi riche et aussi magnifique. Ensuite il se fit amener un des
chevaux destinés pour sa personne. Il
le monta, et se rendit au palais du Sultan, au milieu d'une grosse troupe d'esclaves qui marchaient devant lui, à ses
côtés et à sa suite. Le Sultan le reçut

avec les mêmes honneurs que la première fois : il l'embrassa ; et après l'a-
voir fait asseoir près de lui sur son
trône, il commanda qu'on servît le déjeuner. « Sire, lui dit Aladdin, je supplie Votre Majesté de me dispenser aujourd'hui de cet honneur : je viens la
prier de me faire celui de venir prendre un repas dans le palais de la princesse, avec son grand-visir et les Seigneurs de sa Cour. » Le Sultan lui accorda cette grâce avec plaisir. Il se leva
à l'heure même ; et comme le chemin
n'était pas long, il voulut y aller à
pied. Ainsi il sortit avec Aladdin à sa
droite, le grand-visir à sa gauche, pré-
cédé par les chiaoux et les principaux
officiers de sa maison.

Plus le Sultan approchait du palais
d'Aladdin, plus il était frappé de sa
beauté. Ce fut tout autre chose quand
il fut entré : ses acclamations ne ces-
saient pas à chaque pièce qu'il voyait.
Mais quand il furent arrivés au salon
à vingt-quatre croisées, où Aladdin l'a-
vait invité à monter, qu'il en eut vu

les ornemens, et surtout qu'il eut jeté
les yeux sur les jalousies enrichies de diamans, de rubis et d'émeraudes; toutes
pierres parfaites dans leur grosseur proportionnée, et qu'Aladdin lui eut fait
remarquer que la richesse était pareille
au dehors, il en fut tellement surpris
qu'il demeura comme immobile. Après
avoir resté quelque temps dans cet état:
« Visir, dit-il à ce ministre qui était
près de lui, est-il possible qu'il y ait
en mon royaume, et si près de mon
palais, un palais si superbe, et que je
l'aie ignoré jusqu'à présent? « « Votre
Majesté, reprit le grand-visir, peut se
souvenir qu'avant-hier elle accorda à
Aladdin, qu'elle venait de reconnaître
pour son gendre, la permission de bâtir
un palais vis-à-vis du sien. Le même
jour, au coucher du soleil, il n'y avait
pas encore de palais en cette place; et
hier j'eus l'honneur de lui annoncer le
premier que le palais était fait et achevé. » « Je m'en souviens, repartit le
Sultan; mais jamais je ne me fusse imaginé que ce palais fût une des mer-

veilles du monde. Où en trouve-t-on,
dans tout l'univers, de bâtis d'assises
d'or et d'argent massif, au lieu d'assises
ou de pierre, ou de marbre, dont les
croisées aient des jalousies jonchées de
diamans, de rubis et d'émeraudes ? Jamais au monde il n'a été fait mention
de chose semblable. »

Le Sultan voulut voir et admirer la
beauté des vingt-quatre jalousies. En les
comptant, il n'en trouva que vingt-trois
qui fussent de la même richesse, et il fut
dans un grand étonnement de ce que la
vingt-quatrième était demeurée imparfaite. « Visir, dit-il (car le grand-visir
se faisait un devoir de ne pas l'abandonner), je suis surpris qu'un salon de cette
magnificence soit demeuré imparfait par
cet endroit. » « Sire, reprit le grand-visir,
Aladdin apparemment a été pressé, et le
temps lui a manqué pour rendre cette
croisée semblable aux autres ; mais on
peut croire qu'il a les pierreries nécessaires, et qu'au premier jour il y fera tra-
vailler. »

Aladdin, qui avait quitté le Sultan pour

donner quelques ordres, vint le rejoindre
en ces entrefaites. « Mon fils, lui dit le
Sultan, voici le salon le plus digne d'être
admiré de tous ceux qui sont au monde.
Une seule chose me surprend, c'est de
voir que cette jalousie soit demeurée imparfaite. Est-ce par oubli, ajouta-t-il, par
négligence, ou parce que les ouvriers
n'ont pas eu le temps de mettre la dernière main à un si beau morceau d'archi-
tecture? » Sire, répondit Aladdin, ce
n'est par aucune de ces raisons que la
jalousie est restée dans l'état que Votre
Majesté la voit. La chose a été faite à
dessein, et c'est par mon ordre que les
ouvriers n'y ont pas touché : je voulais
que Votre Majesté eût la gloire de faire
achever ce salon et le palais en même
temps. Je la supplie de vouloir bien agréer
ma bonne intention, afin que je puisse
me souvenir de la faveur et de la grâce
que j'aurai reçues d'elle. » « Si vous l'avez
fait dans cette intention, reprit le Sultan,
je vous en sais bon gré; je vais, dès l'heure
même, donner les ordres pour cela. » En
effet, il ordonna qu'on fît venir les joail-

liers les mieux fournis de pierreries, et les
orfévres les plus habiles de sa capitale.

Le Sultan cependant descendit du salon, et Aladdin le conduisit dans celui
où il avait régalé la princesse Badroulboudour le jour des noces. La princesse
arriva un moment après : elle reçut le
Sultan son père d'un air qui lui fit connaître combien elle était contente de son
mariage. Deux tables se trouvèrent four-
nies des mets les plus délicieux, et ser-
vies tout en vaisselle d'or. Le Sultan se
mit à la première, et mangea avec la princesse sa fille, Aladdin et le grand-visir.
Tous les seigneurs de la Cour furent réga-
lés à la seconde, qui était fort longue. Le
Sultan trouva les mets de bon goût, et il
avoua que jamais il n'avait rien mangé
de plus excellent. Il dit la même chose
du vin, qui était en effet très-délicieux.
Ce qu'il admira davantage, furent quatre
grands buffets garnis et chargés à profusion de flacons, de bassins et de coupes
d'or massif, le tout enrichi de pierreries.
Il fut charmé aussi des chœurs de musique qui étaient disposés dans le salon,

pendant que les fanfares de trompettes,
accompagnées de timbales et de tambours, retentissaient au-dehors à une
distance proportionnée, pour en avoir
tout l'agrément.

Dans le temps que le Sultan venait de
sortir de table, on l'avertit que les joailliers et les orfévres qui avaient été appe-
lés par son ordre, étaient arrivés. Il remonta au salon à vingt-quatre croisées,
et quand il y fut, il montra aux joailliers
et aux orfévres qui l'avaient suivis, la
croisée qui était imparfaite. « Je vous ai
fait venir, leur dit-il, afin que vous m'ac-
commodiez cette croisée, et que vous la
mettiez dans la même perfection que les
autres; examinez-les, et ne perdez pas de
temps à me rendre celle-ci toute semblable. »

Les joailliers et les orfévres exami-
nèrent les vingt-trois autres jalousies avec
une grande attention; et après qu'ils eurent consulté ensemble, et qu'ils furent
convenus de ce dont ils pouvaient contribuer chacun de leur côté, ils revinrent
se présenter devant le Sultan; et le joail-

lier ordinaire du palais, qui prit la parole, lui dit : « Sire, nous sommes prêts à employer nos soins et notre industrie pour obéir à Votre Majesté ; mais entre tous tant que nous sommes de notre profession, nous n'avons pas de pierreries aussi précieuses ni en assez grand nombre pour fournir à un si grand travail. « J'en ai, dit le Sultan, et au-delà de ce qu'il en faudra ; venez à mon palais, je vous mettrai à même, et vous choisirez. »

Quand le Sultan fut de retour à son palais, il fit apporter toutes ses pierreries ; et les joailliers en prirent une très-grande quantité, particulièrement de celles qui venaient du présent d'Aladdin. Ils les employèrent, sans qu'ils parût qu'ils eussent beaucoup avancé. Ils revinrent en prendre d'autres à plusieurs reprises, et en un mois, ils n'avaient pas achevé la moitié de l'ouvrage. Ils employèrent toutes celles du Sultan, avec ce que le grand-visir lui prêta des siennes ; et tout ce qu'ils purent faire avec tout cela, fut au plus d'achever la moitié de la croisée.

Aladdin, qui connut que le Sultan s'efforçait inutilement de rendre la jalousie
semblable aux autres, et que jamais il
n'en viendrait à son honneur, fit venir les
orféyres, et leur dit non-seulement de
cesser leur travail, mais même de défaire
tout ce qu'ils avaient fait, et de reporter
au Sultan toutes ses pierreries, avec celles
qu'il avait empruntées du grand-visir.

L'ouvrage que les joailliers et les orféyres
avaient mis plus de six semaines à faire,
fut détruit en peu d'heures. Ils se retirèrent, et laissèrent Aladdin seul dans le
salon. Il tira la lampe qu'il avait sur lui,
et il la frotta. Aussitôt le Génie se présenta. « Génie, lui dit Aladdin, je t'avais
ordonné de laisser une des vingt-quatre
jalousies de ce salon imparfaite, et tu
avais exécuté mon ordre; présentement
je t'ai fait venir pour te dire que je souhaite que tu la rendes pareille aux autres. » Le Génie disparut, et Aladdin
descendit du salon. Peu de momens après,
comme il fut remonté, il trouva la jalousie dans l'état où il l'avait souhaité, et
pareille aux autres.

Les joailliers et les orfévres cependant
arivèrent au palais, et furent introduits
et présentés au Sultan dans son appartement. Le premier joaillier, en lui présentant les pierreries qu'ils lui rappor-
taient, dit au Sultan, au nom de tous :

« Sire, Votre Majesté sait combien il
y a de temps que nous travaillons de toute
notre insdustrie à finir l'ouvrage dont
elle nous a chargé. Il était déjà fort avancé, lorsqu'Aladdin nous a obligés non-
seulement de cesser, mais même de défaire tout ce que nous avions fait, et de
lui rapporter ces pierreries et celles du
grand - visir. » Le Sultan leur demanda
si Aladdin ne leur en avait pas dit la
raison ; et comme ils lui eurent marqué
qu'il ne leur en avait rien témoigné,
il donna ordre sur-le-champ qu'on lui
amenât un cheval. On le lui amène, il
le monte, et part sans autres suite que
quelques-uns de ses gens, qui l'accompagnèrent à pied. Il arrive au palais d'A-
laddin, et il va mettre pied à terre au
bas de l'escalier qui conduisait au sa'on
à vingt-quatre croisées. Il y monte sans

faire avertir Aladdin; mais Aladdin s'y trouva fort à propos, et il n'eut que le temps de recevoir le Sultan à la porte.

Le Sultan, sans donner à Aladdin le temps de se plaindre obligeamment de ce que Sa Majesté ne l'avait pas fait avertir, et qu'elle l'avait mis dans la nécessité de manquer à son devoir, lui dit : « Mon fils, je viens moi-même vous demander quelle raison vous avez de vouloir laisser imparfait un salon aussi magnifique et aussi singulier que celui de votre palais. »

Aladdin dissimula la véritable raison, qui était que le Sultan n'était pas assez riche en pierreries pour faire une dépense si grande. Mais afin de lui faire connaître combien le palais, tel qu'il était, surpassait non-seulement le sien, mais même tout autre palais qui fût au monde, puisqu'il n'avait pu le parachever dans la moindre de ses parties, il lui répondit: « Sire, il est vrai que Votre Majesté a vu ce salon imparfait; mais je la supplie de voir présentement si quelque chose y manque. »

Le Sultan alla droit à la fenêtre dont
il avait vu la jalousie imparfaite; et quand
il eut remarqué qu'elle était semblable
aux autres, il crut s'être trompé. Il exa-
mina non-seulement les deux croisées qui
étaient aux deux côtés, il les regarda même
toutes l'une après l'autre; et quand il fut
convaincu que la jalousie à laquelle il
avait fait employer tant de temps, et qui
avait coûté tant de journées d'ouvriers,
venait d'être achevée dans le peu de temps
qui lui était connu, il embrassa Aladdin,
et le baisa au front entre les deux yeux.
« Mon fils, lui dit-il, rempli d'étonnement, quel homme êtes-vous, qui faites
des choses surprenantes, et presqu'en un
clin d'œil? Vous n'avez pas votre semblable au monde; et plus je vous connais, plus je vous trouve admirable.

Aladdin reçut les louanges du Sultan
avec beaucoup de modestie, et il lui répondit en ces termes: « Sire, c'est une
grande gloire pour moi de mériter la bien-
veillance et l'approbation de Votre Majesté. Ce que je puis lui assurer, c'est que,

je n'oublierai rien pour mériter l'une et l'autre de plus en plus. »

Le Sultan retourna à son palais de la manière qu'il y était venu, sans permettre à Aladdin de l'y accompagner. En arrivant, il trouva le grand-visir qui l'attendait. Le Sultan, encore tout rempli d'admiration de la merveille dont il venait d'être témoin, lui en fit le récit en des termes qui ne firent pas douter à ce ministre que la chose ne fût comme le Sultan la racontait; mais qui confirmèrent le visir dans la croyance où il était déjà que le palais d'Aladdin était l'effet d'un enchantement; croyance dont il avait fait part au Sultan presque dans le moment que ce palais venait de paraître. Il voulut lui répéter la même chose. « Visir, lui dit le Sultan en l'interrompant, vous m'avez déjà dit la même chose; mais je vois bien que vous n'avez pas encore mis en oubli le mariage de ma fille avec votre fils. »

Le grand-visir vit bien que le Sultan était prévenu; il ne voulut pas entrer en

contestation avec lui, et il le laissa dans
son opinion. Tous les jours réglément,
dès que le Sultan était levé, il ne manquait pas de se rendre dans un cabinet
d'où l'on découvrait tout le palais d'Aladdin, et il y allait encore plusieurs fois
pendant la journée, pour le contempler
et l'admirer.

Aladdin ne demeurait pas renfermé
dans son palais; il avait soin de se faire
voir par la ville plus d'une fois chaque
semaine, soit qu'il allât faire sa prière
dans une mosquée, tantôt dans une autre,
ou que de temps en temps il allât rendre
visite au grand-visir, qui affectait d'aller
lui faire sa cour à certains jours réglés,
ou qu'il fît l'honneur aux principaux seigneurs, qu'il régalait souvent dans son
palais, d'aller les voir chez eux. Chaque
fois qu'il sortait, il faisait jeter, par deux
de ses esclaves, qui marchaient en troupe
autour de son cheval, des pièces d'or à
poignées dans les rues et dans les places
par où il passait, et où le peuple se rendait toujours en grande foule.

D'ailleurs, pas un pauvre ne se présentait à la porte de son palais, qu'il ne s'en retournât content de la libéralité qu'on y faisait par ses ordres.

Comme Aladdin avait partagé son temps de manière qu'il n'y avait pas de semaine qu'il n'allât à la chasse au moins une fois, tantôt aux environs de la ville, quelquefois plus loin, il exerçait la même libéralité par les chemins et par les villages. Cette inclination généreuse lui fit donner par tout le peuple mille bénédictions, et il était ordinaire de ne jurer que par sa tête. Enfin, sans donner aucun ombrage au Sultan, à qui il faisait fort régulièrement sa cour, on peut dire qu'Aladdin s'était attiré, par ses manières affables et libérales, toute l'affection du peuple, et que, généralement parlant, il était plus aimé que le Sultan même. Il joignit à toutes ces belles qualités une valeur et un zèle pour le bien de l'État qu'on ne saurait assez louer. Il en donna même des marques à l'occasion d'une révolte vers les confins du royaume. Il n'eut pas plutôt appris que le Sultan levait une armée pour la dissiper, qu'il le supplia

de lui en donner le commandement. Il
n'eut pas de peine à l'obtenir. Sitôt qu'il
fut à la tête de l'armée, il la fit marcher
contre les révoltés ; et il se conduisit en
toute cette expédition avec tant de diligence, que le Sultan apprit plutôt que
les revoltés avaient été défaits, châtiés
ou dissipés, que son arrivée à l'armée.
Cette action, qui rendit son nom célèbre
dans toute l'étendue du royaume, ne
changea point son cœur : il revint victo-
rieux, mais aussi affable qu'il avait toujours été.

Il y avait déjà plusieurs années qu'Aladdin se gouvernait comme nous venons de
le dire, quand le magicien, qui lui avait
donné, sans y penser, le moyen de s'é-
lever à une si haute fortune, se souvint
de lui en Afrique, où il était retourné.
Quoique jusqu'alors il se fût persuadé
qu'Aladdin était mort misérablement
dans le souterrain où il l'avait laissé, il lui
vint néanmoins en pensée de savoir précisément quelle avait été sa fin. Comme
il était grand géomancien, il tira d'une
armoire un carré en forme de boîte cou-

verte, dont il se servait pour faire ses
observations de géomance. Il s'asseoit sur
son sofa, met le carré devant lui, le découvre; et après avoir préparé et égalé
le sable, avec l'intention de savoir si
Aladdin était mort dans le souterrain, il
jette ses points, il en tire les figures, il
en forme l'horoscope. En examinant l'horoscope pour en porter jugement, au lieu
de découvrir qu'Aladdin fût mort dans
le souterrain, il découvre qu'il en était
sorti, et qu'il vivait sur terre dans une
grande splendeur, puissamment riche,
mari d'une princesse, honoré et respecté.

Le magicien africain n'eut pas plutôt
appris, par les règles de son art diaboli-
que, qu'Aladdin était dans cette grande
élévation, que le feu lui en monta au
visage. De rage il dit en lui-même : « Ce
misérable fils de tailleur a découvert le
secret et la vertu de la lampe ! J'avais cru
sa mort certaine, et le voilà qui jouit du
fruit de mes travaux et de mes veilles !
J'empêcherai qu'il n'en jouisse long-temps,
ou je périrai. » Il ne fut pas long-temps
à délibérer sur le parti qu'il avait à pren-

dre. Dès le lendemain matin il monta un barbe * qu'il avait dans son écurie, et i se mit en chemin. De ville en ville et de province en province, sans s'arrêter qu'autant qu'il en était besoin pour ne pas trop fatiguer son cheval, il arriva à la Chine, et bientôt dans la capitale du Sultan dont Aladdin avait épousé la fille. Il mit pied à terre dans un khan, ou hôtellerie publique, où il prit une chambre à louage. Il y demeura le reste du jour et la nuit suivante, pour se remettre de la fatigue de son voyage.

Le lendemain, avant toute chose, le magicien africain voulut savoir ce que l'on disait d'Aladdin. En se promenant par la ville, il entra dans le lieu le plus fameux et le plus fréquenté par les personnes de grande distinction, où l'on s'assemblait pour boire d'une certaine boisson chaude** qui lui était connue dès son premier voyage. Il n'y eut pas plutôt pris

---

* Cheval de cette partie de la côte d'Afrique qu'on appelle la Barbarie.

** Du thé.

place, qu'on lui versa de cette boisson
dans une tasse, et qu'on la lui présenta.
En la prenant, comme il prêtait l'oreille
à droite et à gauche, il entendit qu'on
s'entretenait du palais d'Aladdin. Quand
il eut achevé, il s'approcha d'un de ceux
qui s'en entretenaient; et en prenant son
temps, il lui demanda en particulier ce
que c'était que ce palais dont on parlait si
avantageusement. « D'où venez-vous? lui
dit celui à qui il s'était adressé; il faut
que vous soyez bien nouveau-venu, si
vous n'avez pas vu, ou plutôt si vous n'a-
vez pas encore entendu parler du palais
du prince Aladdin! » On n'appelait plus
autrement Aladdin depuis qu'il avait
épousé la princesse Badroulboudour. « Je
ne vous dis pas, continua cet homme,
que c'est une des merveilles du monde,
mais que c'est la merveille unique qu'il y
ait au monde : jamais on n'a rien vu de
si grand, de si riche, de si magnifique : il
faut que vous veniez de bien loin, puisque vous n'en avez pas encore entendu
parler. En effet, on en doit parler par
toute la terre, depuis qu'il est bâti. Voyez-

le, et vous jugerez si je vous en aurai parlé contre la vérité. » « Pardonnez à mon ignorance, reprit le magicien africain ; je ne suis arrivé que d'hier, et je viens véritablement de si loin, je veux dire de l'extrémité de l'Afrique, que la renommée n'en était pas encore venue jusque-là quand je suis parti. Et comme, par rapport à l'affaire pressante qui m'amène, je n'ai eu d'autre vue dans mon voyage que d'arriver au plus tôt sans m'arrêter et sans faire aucune connaissance, je n'en savais que ce que vous venez de m'apprendre. Mais je ne manquerai pas de l'aller voir : l'impatience que j'en ai est si grande, que je suis prêt à satisfaire ma curiosité dès à présent, si vous voulez bien me faire la grâce de m'enseigner le chemin. »

Celui à qui le magicien africain s'était adressé, se fit un plaisir de lui enseigner le chemin par où il fallait qu'il passât pour avoir la vue du palais d'Aladdin ; et le magicien africain se leva, et partit dans le moment. Quand il fut arrivé, et qu'il

eut examiné le palais de près et de tous
les côtés, il ne douta pas qu'Aladdin ne
se fût servi de la lampe pour le faire bâtir.
Sans s'arrêter à l'impuissance d'Aladdin,
fils d'un simple tailleur, il savait bien
qu'il n'appartenait de faire de semblables
merveilles qu'à des Génies esclaves de la
lampe, dont l'acquisition lui avait échappée. Piqué au vif du bonheur et de la
grandeur d'Aladdin, dont il ne faisait
presque pas de différence d'avec celle du
Sultan, il retourna au khan où il avait
pris logement.

Il s'agissait de savoir où était la lampe,
si Aladdin la portait avec lui, ou en quel
lieu il la conservait ; et c'est ce qu'il fallait que le magicien découvrît par une
opération de géomance. Dès qu'il fut arrivé où il logeait, il prit son carré et son
sable, qu'il portait en tous ses voyages.
L'opération achevée, il connut que la
lampe était dans le palais d'Aladdin ; et
il eut une joie si grande de cette décou-
verte, qu'à peine il se sentait lui-même.
« Je l'aurai cette lampe, dit-il, et je défie

Aladdin de m'empêcher de la lui enlever,
et de le faire descendre jusqu'à la bassesse
d'où il a pris un si haut vol. »

Le malheur pour Aladdin voulut qu'a-
lors il était allé à une partie de chasse
pour huit jours, et qu'il n'y en avait que
trois qu'il était parti; et voici de quelle
manière le magicien africain en fut informé. Quand il eut fait l'opération qui
venait de lui donner tant de joie, il alla
voir le concierge du khan, sous prétexte
de s'entretenir avec lui; et il en avait un
fort naturel, qu'il n'était pas besoin d'a-
mener de bien loin. Il lui dit qu'il venait
de voir le palais d'Aladdin; et après lui
avoir exagéré tout ce qu'il y avait remarqué de plus surprenant, et tout ce qui l'a-
vait frappé davantage et qui frappait généralement tout le monde : « Ma curiosité, ajouta-t-il, va plus loin, et je ne serai
pas satisfait que je n'aie vu le maître à qui
appartient un édifice si merveilleux. »
« Il ne vous sera pas difficile de le voir,
reprit le concierge; il n'y a presque pas
de jour qu'il n'en donne occasion, quand
il est dans la ville; mais il y a trois jours

qu'il est dehors pour une grande chasse qui
en doit durer huit. »

Le magicien africain ne voulut pas en
savoir davantage : il prit congé du concierge; et en se retirant : « Voilà le temps
d'agir, dit-il en lui-même; je ne dois pas
le laisser échapper. » Il alla à la boutique
d'un faiseur et vendeur de lampes. « Maître, dit-il, j'ai besoin d'une douzaine de
lampes de cuivre; pouvez-vous me la fournir ?» Le vendeur lui dit qu'il en manquait
quelques-unes, mais que s'il voulait se donner patience jusqu'au lendemain, il la four-
nirait complète à l'heure qu'il voudrait.
Le magicien le voulut bien; il lui recom-
manda qu'elles fussent propres et bien
polies. Après lui avoir promis qu'il le
payerait bien, il se retira dans son khan.

Le lendemain, la douzaine de lampes
fut livrée au magicien africain, qui les
paya au prix qui lui fut demandé, sans
en rien diminuer. Il les mit dans un panier dont il s'était pourvu exprès; et avec
ce panier au bras, il alla vers le palais
d'Aladdin, et quand il s'en fut approché,
il se mit à crier :

« *Qui veut changer des vieilles lampes pour des neuves ?* »

, A mesure qu'il avançait, et d'aussi loin que les petits enfans qui jouaient dans la place l'entendirent, ils accoururent ; et ils s'assemblèrent autour de lui avec de grandes huées, et le regardèrent comme un fou. Les passans riaient même de sa bêtise, à ce qu'ils s'imaginaient. « Il faut, disaient-ils, qu'il ait perdu l'esprit, pour offrir de changer des lampes neuves contre des vieilles. »

Le magicien africain ne s'étonna ni des huées des enfans, ni de tout ce qu'on pouvait dire de lui ; et pour débiter sa marchandise, il continua de crier :

« *Qui veut changer des vieilles lampes pour des neuves ?* »

Il répéta si souvent la même chose en allant et revenant dans la place, devant le palais et à l'entour, que la princesse Badroulboudour, qui était alors dans le salon aux vingt-quatre croisées, entendit la voix d'un homme ; mais comme elle ne pouvait distinguer ce qu'il criait, à cause des huées des enfans qui le suivaient, et dont le nombre augmentait de moment en moment, elle envoya une de ses femmes esclaves qui l'approchait de plus près, pour voir ce que c'était que ce bruit.

La femme esclave ne fut pas long-temps à remonter; elle entra dans le salon avec de grands éclats de rire. Elle riait de si bonne grâce, que la princesse ne put s'empêcher de rire elle-même en la regardant. « Hé bien, folle, dit la princesse, veux-tu me dire pourquoi tu ris ? » « Princesse, répondit la femme esclave, en riant toujours, qui pourrait s'empêcher de rire en voyant un fou avec un panier au bras, plein de belles lampes toutes neuves, qui ne demande pas à les vendre, mais à les changer contre des vieilles ? Ce sont les enfans, dont il est si fort environné qu'à peine peut-il avancer, qui font tout le bruit qu'on entend, en se moquant de lui. »

Sur ce récit, une autre femme esclave, en prenant la parole : « A propos de vieilles lampes, dit-elle, je ne sais si la princesse a pris garde qu'en voilà une sur la corniche : celui à qui elle appartient ne sera pas fâché d'en trouver une neuve au lieu de cette vieille. Si la princesse le veut bien, elle peut avoir le plaisir d'éprouver si ce fou est véritablement assez fou pour donner une lampe neuve en échange d'une vieille, sans en rien demander de retour.

La lampe dont la femme esclave parlait, était la Lampe Merveilleuse dont Aladdin s'était servi pour s'élever au point de grandeur où il était arrivé; et il l'avait mise lui-même sur la corniche avant d'aller à la chasse, dans la crainte de la perdre; et il avait pris la même précaution toutes les autres fois qu'il y était allé. Mais ni les femmes esclaves ni les eunuques, ni la princesse même, n'y avaient pas fait attention une seule fois jusqu'alors pendant son absence; hors du temps de la chasse, il la portait toujours sur lui. On dira que la précaution d'Aladdin était bonne; mais au moins qu'il aurait dû enfermer la lampe. Cela est vrai; mais on a fait de semblables fautes de tout temps; on en fait encore aujourd'hui, et l'on ne cessera d'en faire.

La princesse Badroulboudour, qui ignorait que la lampe fût aussi précieuse qu'elle l'était, et qu'Aladdin, sans parler d'elle-même, eût un intérêt aussi grand qu'il l'avait qu'on n'y touchât pas et qu'elle fût conservée, entra dans la plaisanterie, et elle commanda à un eunuque de la prendre et d'en aller faire l'échange. L'eunuque obéit. Il descendit du salon ; et il ne fut pas plutôt sorti de la porte du palais, qu'il aperçut le magicien africain : il l'appela ; et quand il fut venu à lui, et en lui montrant la vieille lampe : « Donne-moi, dit-il, une lampe neuve pour celle-ci. »

Le magicien africain ne douta pas que ce ne fût la lampe qu'il cherchait ; il ne pouvait pas y en avoir d'autres dans le palais d'Aladdin, où toute la vaisselle n'était que d'or et d'argent. Il la prit promptement de la main de l'eunuque ; et après l'avoir fourrée bien avant dans son sein, il lui présenta son panier ; et lui dit de choisir celle qui lui plairait. L'eunuque choisit ; et après avoir laissé le magicien, il porta la lampe neuve à la princesse Badroulboudour : mais l'échange ne fut pas plutôt fait, que les enfans firent retentir la place de plus grands éclats qu'ils n'avaient encore fait., en se moquant, selon eux, de la bêtise du magicien.

Le magicien africain les laissa criailler tant qu'ils voulurent; mais sans s'arrêter plus long-temps aux environs du palais d'Aladdin, il s'en éloigna insensiblement et sans bruit, c'est-à-dire sans crier et sans parler davantage de changer des lampes neuves pour des vieilles. Il n'en voulait pas d'autres que celle qu'il emportait, et son silence enfin fit que les enfans s'écartèrent, et qu'ils le laissèrent aller.

Dès qu'il fut hors de la place qui était entre les deux palais, il s'échappa par les rues les moins fréquentées; et comme il n'avait plus besoin des autres lampes ni du panier, il posa le panier et les lampes au milieu d'une rue où il vit qu'il n'y avait personne. Alors, dès qu'il eut enfilé une autre rue, il pressa le pas, jusqu'à ce qu'il arrivât à une des portes de la ville. En continuant son chemin par le faubourg, qui était fort long, il fit quelques provisions avant qu'il en sortît. Quand il fut dans la campagne, il se détourna du chemin dans un lieu à l'écart, hors de la vue du monde, où il resta jusqu'au moment qu'il jugea à propos pour achever d'exécuter le dessein qui l'avait amené. Il ne regretta pas le barbe qu'il laissait dans le khan où il avait pris logement; il se crut bien dédommagé par le trésor qu'il venait d'acquérir.

Le magicien africain passa le reste de la journée dans ce lieu, jusqu'à une heure de nuit, que les ténèbres furent les plus obscures. Alors il tira la lampe de son sein, et il la frotta. A cet appel, le Génie lui apparut.

« *Que veux-tu*, lui demanda le Génie, *me voilà prêt à t'obéir comme ton esclave et de tous ceux qui ont la lampe à la main, moi et ses autres esclaves !* »

« Je te commande, reprit le magicien africain, qu'à l'heure même tu enlèves le palais que toi ou les autres esclaves de la lampe ont bâti dans cette ville, tel qu'il est, avec tout ce qu'il y a de vivant, et que tu le transportes avec moi, en même-temps, dans un tel endroit de l'Afrique. »

Sans lui répondre, le Génie, avec l'aide
d'autres Génies, esclaves de la lampe
comme lui, le transportèrent en très-peu
de temps, lui et son palais en son entier, au propre lieu de l'Afrique qui lui
avait été marqué. Nous laisserons le magicien africain et le palais avec la princesse
Badroulboudour en Afrique, pour parler
de la surprise du Sultan.

Dès que le Sultan fut levé, il ne manqua pas, selon sa coutume, de se rendre
au cabinet ouvert, pour avoir le plaisir
de contempler et d'admirer le palais d'A-
laddin. Il jeta la vue du côté où il avait
coutume de voir ce palais, et il ne vit
qu'une place vide, telle qu'elle était avant
qu'on l'y eût bâti. Il crut qu'il se trompait, et il se frotta les yeux; mais il ne
vit rien de plus que la première fois,
quoique le temps fût serein, le ciel net,
et que l'aurore, qui avait commencé de
paraître, rendît tous les objets fort dis-
tincts. Il regarda par les deux ouvertures,
à droite et à gauche, et il ne vit que ce
qu'il avait coutume de voir par ces deux
endroits. Son étonnement fut si grand,

qu'il demeura long-temps dans la même
place, les yeux tournés du côté où le
palais avait été, et où il ne le voyait plus,
en cherchant ce qu'il ne pouvait comprendre; savoir comment il se pouvait
faire qu'un palais aussi grand et aussi ap-
parent que celui d'Aladdin, qu'il avait vu
presque chaque jour depuis qu'il avait été
bâti avec sa permission, et tout récem-
ment le jour précédent, se fût évanoui
de manière qu'il n'en paraissait pas le
moindre vestige. « Je ne me trompe pas,
disait-il en lui-même, il était dans la place
que voilà; s'il s'était écroulé, les matériaux paraîtraient en monceaux; et si la
terre l'avait englouti, on en verrait quelque marque, de quelque manière que cela
fût arrivé. » Et quoique convaincu que
le palais n'y était plus, il ne laissa pas
néanmoins d'attendre encore quelque
temps pour voir si en effet il ne se trompait pas. Il se retira enfin; et, après avoir
regardé encore derrière lui avant de s'éloigner, il revint à son appartement; il commanda qu'on lui fît venir le grand-visir
en toute diligence; et cependant il s'assit,

l'esprit agité de pensées si différentes, qu'il ne savait quel parti prendre.

Le grand-visir ne fit pas attendre le Sultan; il vint même avec une si grande précipitation, que lui ni ses gens ne firent pas réflexion, en passant, que le palais d'Aladdin n'était plus à sa place; les portiers mêmes, en ouvrant la porte du palais, ne s'en étaient pas aperçus.

En abordant le Sultan : « Sire, lui dit le grand-visir, l'empressement avec lequel Votre Majesté m'a fait appeler, m'a fait juger que quelque chose de bien extraordinaire était arrivé, puisqu'elle n'ignore pas qu'il est aujourd'hui jour de conseil, et que je ne devais pas manquer de me rendre à mon devoir dans peu de momens. » « Ce qui est arrivé est véritablement extraordinaire, comme tu le dis, et tu vas en convenir. Dis-moi, où est le palais d'Aladdin? » « Le palais d'Aladdin, Sire! répondit le grand-visir avec étonnement. Je viens de passer devant, il m'a semblé qu'il était à sa place : des bâtimens aussi solides que celui-là, ne changent pas de place si facilement. » « Va voir au cabinet, répondit le Sultan, et tu viendras me dire si tu l'auras vu. »

Le grand-visir alla au cabinet ouvert, et il lui arriva la même chose qu'au Sultan. Quand il se fut bien assuré que le palais d'Aladdin n'était plus où il avait été, et qu'il n'en paraissait pas le moindre vestige, il revint se présenter au Sultan. « Hé bien! as-tu vu le palais d'Aladdin? lui demanda le Sultan. » «Sire, répondit le grand-visir, Votre Majesté peut se souvenir que j'ai eu l'honneur de lui dire que ce palais, qui faisait le sujet de son admiration, avec ses richesses immenses, n'était qu'un ouvrage de magie et d'un magicien; mais Votre Majesté n'a pas voulu y faire attention. »

Le Sultan, qui ne pouvait disconvenir de ce que le grand-visir lui représentait, entra dans une colère d'autant plus grande, qu'il ne pouvait désavouer son incrédulité. « Où est, dit-il, cet imposteur, ce scélérat, que je lui fasse couper la tête? » « Sire, reprit le grand-visir, il y a quelques jours qu'il est venu prendre congé de Votre Majesté. Il faut lui envoyer

demander où est son palais : il ne doit pas
l'ignorer. » « Ce serait le traiter avec trop
d'indulgence, repartit le Sultan ; va donner ordre à trente de mes cavaliers de me
l'amener chargé de chaînes. » Le grand-
visir alla donner l'ordre du Sultan aux
cavaliers, et il instruisit leur officier de
quelle manière ils devaient s'y prendre,
afin qu'il ne leur échappât point. Ils par-
tirent, et ils rencontrèrent Aladdin à cinq
ou six lieues de la ville, qui revenait en
chassant. L'officier lui dit, en l'abordant,
que le Sultan, impatient de le revoir, les
avait envoyés pour le lui témoigner, et
revenir avec lui en l'accompagnant.

Aladdin n'eut pas le moindre soupçon
du véritable sujet qui avait amené ce détachement de la garde du Sultan : il continua de revenir en chassant ; mais quand
il fut à une demi-lieue de la ville, ce détachement l'environna ; et l'officier, en
prenant la parole, lui dit : « Prince Aladdin, c'est avec un grand regret que nous
vous déclarons l'ordre que nous avons du
Sultan de vous arrêter, et de vous mener

à lui en criminel d'État ; nous vous supplions de ne pas trouver mauvais que nous nous acquittions de notre devoir, et de nous le pardonner. »

Cette déclaration fut un sujet de grande surprise à Aladdin, qui se sentait innocent ; il demanda à l'officier s'il savait de quel crime il était accusé. A quoi il répondit que ni lui ni ses gens n'en savaient rien.

Comme Aladdin vit que ses gens étaient de beaucoup inférieurs au détachement, et même qu'ils s'éloignaient, il mit pied à terre. « Me voilà, dit-il ; exécutez l'ordre que vous avez. Je puis dire néanmoins que je ne me sens coupable d'aucun crime, ni envers la personne du Sultan, ni envers l'État. » On lui passa aussitôt au cou une chaîne fort grosse et fort longue, dont on le lia aussi par le milieu du corps, de manière qu'il n'avait pas les bras libres. Quand l'officier se fut mis à la tête de sa troupe, un cavalier prit le bout de la chaîne ; et en marchant après l'officier, il mena Aladdin, qui fut obligé de le suivre à pied; et dans cet état, il fut conduit vers la ville.

Quand les cavaliers furent entrés dans le faubourg, les premiers qui virent qu'on menait Aladdin en criminel d'État, ne doutèrent pas que ce ne fût pour lui couper la tête. Comme il était aimé généralement, les uns prirent le sabre et d'autres armes, et ceux qui n'en avaient pas s'armèrent de pierres, et ils suivirent les cavaliers. Quelques-uns, qui étaient à la queue firent volte-face, en faisant mine de vouloir les dissiper; mais bientôt ils grossirent en si grand nombre, que les cavaliers prirent le parti de dissimuler, trop heureux s'ils pouvaient arriver jusqu'au palais du Sultan, sans qu'on leur enlevât Aladdin. Pour y réussir, selon que les rues étaient plus ou moins larges, ils eurent grand soin d'occuper toute la largeur du terrain, tantôt en s'étendant, tantôt en se resserrant; de la sorte, ils arrivèrent à la place du palais, où ils se mirent tous sur une ligne, en faisant face à la populace armée, jusqu'à ce que leur

8.

24

officier et le cavalier qui menait Aladdin fussent entrés dans le palais, et que les portiers eussent fermé la porte pour empêcher qu'elle n'entrât.

Aladdin fut conduit devant le Sultan, qui l'attendait sur le balcon, accompagné du grand-visir; et sitôt qu'il le vit, il commanda au bourreau, qui avait eu ordre de se trouver là, de lui couper la tête, sans vouloir l'entendre, ni tirer de lui aucun éclaircissement.

Quand le bourreau se fut saisi d'Aladdin, il lui ôta la chaîne qu'il avait au cou et autour du corps; et, après avoir étendu sur la terre un cuir teint du sang d'une infinité de criminels qu'il avait exécutés, il l'y fit mettre à genoux, et lui banda les yeux. Alors il tira son sabre; il prit sa mesure pour donner le coup, en s'essayant et en faisant flamboyer le sabre en l'air par trois fois; et il attendit que le Sultan lui donnât le signal pour trancher la tête d'Aladdin.

En ce moment, le grand-visir aperçut que la populace, qui avait forcé les cavaliers, et qui avait rempli la place, venait d'escalader les murs du palais en plusieurs endroits, et commençait à les démolir pour faire brèche. Avant que le Sultan donnât le signal, il lui dit : «Sire, je supplie Votre Majesté de penser mûrement à ce qu'elle va faire. Elle va courir risque de voir son palais forcé ; et, si ce malheur arrivait, l'événement pourrait en être funeste. » « Mon palais forcé ! reprit le Sultan ; qui peut avoir cette audace ? » «Sire, repartit le grand-visir, que Votre Majesté jette les yeux sur les murs de son palais et sur la place, elle connaîtra la vérité de ce que je lui dis. »

L'épouvante du Sultan fut si grande, quand il eut vu une émeute si vive et si animée, que dans le moment même, il commanda au bourreau de remettre son sabre dans le fourreau, d'ôter le bandeau des yeux d'Aladdin, et de le laisser libre. Il donna ordre aussi aux chiaoux de crier que le Sultan lui faisait grâce, et que chacun eût à se retirer.

Alors tous ceux qui étaient déjà montés au haut des murs du palais, témoins de ce qui venait de se passer, abandonnèrent

leur dessein. Ils descendirent en peu d'ins-
tans ; et, pleins de joie d'avoir sauvé la vie
à un homme qu'ils aimaient véritablement, ils publièrent cette nouvelle à tous
ceux qui étaient autour d'eux : elle passa
bientôt à toute la populace qui était dans
la place du palais, et les cris des chiaoux
qui annonçaient la même chose du haut des
terrasses où ils étaient montés, achevèrent
de la rendre publique. La justice que le
Sultan venait de rendre à Aladdin en lui
faisant grâce, désarma la populace, fit
cesser le tumulte, et insensiblement chacun se retira chez soi.

Quand Aladdin se vit libre, il leva la
tête du côté du balcon ; et comme il eut
aperçu le Sultan ; « Sire, dit-il, en élevant sa voix d'une manière touchante, je
supplie Votre Majesté d'ajouter une nouvelle grâce à celle qu'elle vient de me
faire : c'est de vouloir bien me faire connaître quel est mon crime. » « Quel est
ton crime, perfide ! répondit le Sultan ;
ne le sais-tu pas ? Monte jusqu'ici, continua-t-il, je te le ferai connaître. »

Aladdin monta ; et quand il se fut pré-

senté : « Suis-moi, lui dit le Sultan, en
marchant devant lui sans le regarder. Il
le mena jusqu'au cabinet ouvert ; et quand
il fut arrivé à la porte : « Entre, lui dit le
Sultan : tu dois savoir où était ton palais ;
regarde de tous côtés, et dis-moi ce qu'il
est devenu. »

Aladdin regarde, et ne voit rien ; il
s'aperçoit bien de tout le terrain que
son palais occupait ; mais comme il ne
pouvait deviner comment il avait pu dis-
paraître, cet événement extraordinaire
et surprenant le mit dans une confusion
et dans un étonnement qui l'empêchèrent
de pouvoir répondre un seul mot au
Sultan.

Le Sultan impatient : « Dis-moi donc,
répéta-t-il à Aladdin, où est ton palais,
et où est ma fille ! » Alors Aladdin rompit
le silence. « Sire, dit-il, je vois bien, et je
l'avoue, que le palais que j'ai fait bâtir
n'est plus à la place où il était ; je vois
qu'il a disparu, et je ne puis dire à Votre
Majesté où il peut être ; mais je puis
l'assurer que je n'ai aucune part à cet événement. »

« Je ne me mets pas en peine de ce que
ton palais est devenu, reprit le Sultan,
j'estime ma fille un million de fois davantage. Je veux que tu me la retrouves ;
autrement je te ferai couper la tête, et
nulle considération ne m'en empêchera. »

« Sire, repartit Aladdin, je supplie
Votre Majesté de m'accorder quarante
jours pour faire mes diligences ; et si, dans
cet intervalle, je n'y réussis pas, je lui
donne ma parole que j'apporterai ma tête
au pied de son trône, afin qu'elle en dis-
pose à sa volonté. » « Je t'accorde les
quarante jours que tu me demandes, lui
dit le Sultan ; mais ne crois pas abuser de
la grâce que je te fais, en pensant échapper à mon ressentiment : en quelque endroit de la terre que tu puisses être, je
saurai bien te retrouver. »

Aladdin s'éloigna de la présence du
Sultan dans une grande humiliation et
dans un état à faire pitié ; il passa au travers des cours du palais la tête baissée,
sans ôser lever les yeux, dans la confusion
où il était ; et les principaux officiers de
la Cour, dont il n'avait pas désobligé un

seul, quoiqu'amis, au lieu de s'approcher
de lui pour le consoler ou pour lui offrir
une retraite chez eux, lui tournèrent le
dos, autant pour ne le pas voir, qu'afin
qu'il ne pût pas les reconnaître. Mais
quand ils se fussent approchés de lui pour
lui dire quelque chose de consolant, ou
pour lui faire offre de service, ils n'eussent
plus reconnu Aladdin ; il ne se recon-
naissait pas lui-même, et il n'avait plus la
liberté de son esprit. Il le fit bien connaître quand il fut hors du palais ; car,
sans penser à ce qu'il faisait, il demandait de porte en porte, et à tous ceux qu'il
rencontrait, si l'on n'avait pas vu son
palais, ou si on ne pouvait pas lui en
donner des nouvelles.

Ces demandes firent croire à tout le
monde qu'Aladdin avait perdu l'esprit.
Quelques uns n'en firent que rire ; mais
les gens les plus raisonnables, particulièrement ceux qui avaient eu quelque liai-
son d'amitié et de commerce avec lui, en
furent véritablement touchés de compassion. Il demeura trois jours dans la ville,
en allant tantôt d'un côté, tantôt d'un

autre, et en ne mangeant que ce qu'on lui
présentait par charité, et sans prendre
aucune résolution.

Enfin, comme il ne pouvait plus, dans
l'état malheureux où il se voyait, rester
dans une ville où il avait fait une si belle
figure, il en sortit, et il prit le chemin de
la campagne. Il se détourna des grandes
routes, et après avoir traversé plusieurs
campagnes dans une incertitude affreuse,
il arriva enfin, à l'entrée de la nuit, au
bord d'une rivière. Là il lui prit une pensée de désespoir : « Ou irai-je chercher
mon palais? dit-il en lui-même : en quelle
province, en quel pays, en quelle partie
du monde le trouverai-je, aussi bien que
ma chère princesse que le Sultan me demande? Jamais je n'y réussirai; il vaut
donc mieux que je me délivre de tant de
fatigues, qui n'aboutiraient à rien, et de
tous les chagrins cuisans qui me rongent. »
Il allait se jeter dans la rivière, selon la
résolution qu'il venait de prendre : mais
il crut, en bon musulman fidèle à sa religion, qu'il ne devait pas le faire, sans
avoir auparavant fait sa prière. En vou-

lant s'y préparer, il s'approcha du bord
de l'eau pour se laver les mains et le
visage, suivant la coutume du pays ; mais
comme cet endroit était un peu en pente,
et mouillé par l'eau qui y battait, il glissa,
et il serait tombé dans la rivière, s'il ne se
fût retenu à un petit roc élevé hors de terre
environ de deux pieds. Heureusement
pour lui il portait encore l'anneau que le
magicien africain lui avait mis au doigt
avant qu'il descendît dans le souterrain
pour aller chercher la précieuse lampe qui
venait de lui être enlevée. Il frotta cet anneau assez fortement contre le roc en se
retenant ; dans l'instant, le même Génie
qui lui était apparu dans ce souterrain où
le magicien africain l'avait enfermé, lui
apparut encore :

« *Que veux-tu* ? lui dit le Génie ; *me*
voici prêt à t'obéir comme ton esclave,
et de tous ceux qui ont l'anneau au
doigt, moi et les autres esclaves de
l'anneau ! »

Aladdin, agréablement surpris par une
apparition si peu attendue dans le désespoir où il était, répondit : Génie, sauve-

moi la vie une seconde fois, en m'enseignant où est le palais que j'ai fait bâtir, ou en faisant qu'il soit apporté incessamment où il était. » « Ce que tu demandes, reprit le Génie, n'est pas de mon ressort : je ne suis esclave que de l'anneau ; adresse-toi à l'esclave de la lampe. » « Si cela est, repartit Aladdin, je te commande donc, par la puissance de l'anneau, de me transporter jusqu'au lieu où est mon palais, en quelqu'endroit de la terre qu'il soit, et de me poser sous les fenêtres de la princesse Badroulboudour. » A peine eut-il achevé de parler, que le Génie le transporta en Afrique, au milieu d'une prairie où était le palais, peu éloignée d'une grande ville, le posa précisément au-dessous des fenêtres de l'appartement de la princesse, où il le laissa. Tout cela se fit en un instant.

Nonobstant l'obscurité de la nuit, Aladdin reconnut fort bien son palais et l'appartement de la princesse Badroulboudour; mais comme la nuit était avancée, et que tout était tranquille dans le palais, il se retira un peu à l'écart, et il s'assit au pied d'un arbre. Là,

rempli d'espérance, en faisant réflexion
à son bonheur, dont il était redevable
à un pur hasard, il se trouva dans une
situation beaucoup plus paisible que
depuis qu'il avait été arrêté, amené devant
le Sultan, et délivré du danger présent
de perdre la vie. Il s'entretint quelque
temps dans ces pensées agréables; mais
enfin, comme il y avait cinq ou six jours
qu'il ne dormait point, il ne put s'empêcher de se laisser aller au sommeil
qui l'accablait, et il s'endormit au pied
de l'arbre où il était.

Le lendemain, dès que l'aurore commença à paraître, Aladdin fut éveillé
agréablement, non - seulement par le ra-
mage des oiseaux qui avaient passé la
nuit sur l'arbre sous lequel il était couché, mais même sur les arbres touffus
du jardin de son palais. Il jeta d'abord
les yeux sur cet admirable édifice, et
alors il se sentit une joie inexprimable
d'être sur le point de s'en revoir bientôt
le maître, et en même temps de posséder encore une fois sa chère princesse
Badroulboudour. Il se leva, et se rap-

procha de l'appartement de la princesse.
Il se promena quelque temps sous ses
fenêtres, en attendant qu'il fût jour
chez elle, et qu'on pût l'apercevoir. Dans
cette attente, il cherchait en lui-même
d'où pouvait être venue la cause de son
malheur ; et après avoir bien rêvé,
il ne douta plus que toute son infor-
tune ne vînt d'avoir quitté sa lampe de
vue. Il s'accusa lui-même de négligence
et du peu de soin qu'il avait eu de ne
s'en pas dessaisir un seul moment. Ce
qui l'embarrassait davantage, c'est qu'il
ne pouvait s'imaginer qui était le jaloux
de son bonheur. Il l'eût compris d'abord,
s'il eût su que lui et son palais se trouvaient alors en Afrique ; mais le Génie
esclave de l'anneau ne lui en avait
rien dit ; il ne s'en était point informé
lui-même : le seul nom de l'Afrique lui
eût rappelé dans sa mémoire le magicien africain, son ennemi déclaré.

La princesse Badroulboudour se levait
plus matin qu'elle n'avait coutume, depuis
son enlèvement et son transport en Afrique par l'artifice du magicien africain,

dont jusqu'alors elle avait été contrainte
de supporter la vue une fois chaque jour,
parce qu'il était maître du palais ; mais
elle l'avait traité si durement chaque fois,
qu'il n'avait encore osé prendre la hardiesse de s'y loger. Quand elle fut habillée, une de ses femmes, en regardant au travers d'une jalousie, aperçoit
Aladdin. Elle court aussitôt en avertir
sa maîtresse. La princesse, qui ne pouvait croire cette nouvelle, vient vite se
présenter à la fenêtre, et aperçoit Aladdin. Elle ouvre la jalousie. Au bruit que
la princesse fait en l'ouvrant, Aladdin
lève la tête ; il la reconnaît, et il la sa-
lue d'un air qui exprimait l'excès de
sa joie. « Pour ne pas perdre de temps,
lui dit la princesse, on est allé vous
ouvrir la porte secrète ; entrez et mon-
tez. » Et elle ferma la jalousie.

La porte secrète était au-dessous de
l'appartement de la princesse. Elle se
trouva ouverte, et Aladdin se vit en un instant auprès de Badroulboudour. Ils n'est
pas possible d'exprimer la joie que ressen-
tirent ces deux époux de se revoir après

s'être cru séparés pour jamais. Ils s'embrassèrent plusieurs fois, et se donnèrent toutes les marques d'amour et de
tendresse qu'on peut s'imaginer, après
une séparation aussi triste et aussi peu
attendue que la leur. Après ces em-
brassemens, mêlés de larmes de joie,
ils s'assirent; et Aladdin, en prenant la
parole : « Princesse, dit-il, avant de
vous entretenir de toute autre chose,
je vous supplie, au nom de Dieu, autant pour votre propre intérêt et pour
celui du Sultan votre respectable père
que pour le mien en particulier, de me
dire ce qu'est devenue une vieille lampe
que j'avais mise sur la corniche du salon
à vingt-quatre croisées, avant d'aller à
la chasse. »

« Ah, cher epoux ! répondit la princesse ; je m'étais bien doutée que notre
malheur réciproque venait de cette lampe ; et ce qui me désole, c'est que
j'en suis la cause moi-même. » « Princesse, reprit Aladdin, ne vous en attri-
buez pas la cause, elle est toute sur
moi, et je devais avoir été plus soi-

gneux de la conserver; ne songeons qu'à
réparer cette perte; et pour cela faites-
moi la grâce de me raconter comment la
chose s'est passée, et en quelles mains
elle es tombée. »

Alors la princesse Badroulboudour raconta à Aladdin ce qui s'était passé dans
l'échange de la lampe vieille pour la
neuve; qu'elle fit apporter afin qu'il la
vît; et comme la nuit suivante, après
s'être aperçue du transport du palais,
elle s'était trouvée le matin dans le pays
inconnu où elle lui parlait, et qui était
l'Afrique : particularité qu'elle avait
apprise de la bouche même du traître
qui l'y avait fait transporter par son
art magique.

« Princesse, dit Aladdin en l'interrompant, vous m'avez fait connaître le
traître en me marquant que je suis en
Afrique avec vous. Il est le plus perfide de tous les hommes. Mais ce n'est
ni le temps, ni le lieu de vous faire
une peinture plus ample de ses mé-
chancetés. Je vous prie seulement de me
dire ce qu'il a fait de la lampe, et où il

l'a mise. » « Il la porte dans son sein, enveloppée bien précieusement, reprit la princesse ; et je puis en rendre témoignage, puisqu'il l'en a tirée et l'a développée en ma présence pour m'en faire un trophée. »

« Ma princesse, dit alors Aladdin, ne me sachez pas mauvais gré de tant de demandes dont je vous fatigue : elles sont également importantes pour vous et pour moi. Pour venir à ce qui m'intéresse plus particulièrement, apprenez-moi, je vous en conjure, comment vous vous trouvez du traitement d'un homme aussi méchant et aussi perfide. » « Depuis que je suis en ce lieu, reprit la princesse, il ne s'est présenté devant moi qu'une fois chaque jour ; et je suis bien persuadée que le peu de satisfaction qu'il tire de ses visites, fait qu'il ne m'importune pas plus souvent. Tous les discours qu'il me tient chaque fois ne tendent qu'à me persuader de rompre la foi que je vous ai donnée, et de le prendre pour époux, en voulant me faire entendre que je ne dois pas espérer de

vous revoir jamais ; que vous ne vivez
plus, et que le Sultan mon père vous a fait
couper la tête. Il ajoute, pour se justifier, que vous êtes un ingrat; que votre
fortune n'est venue que de lui ; et mille
autres choses que je lui laisse dire. Et
comme il ne reçoit de moi pour réponse
que mes plaintes douloureuses et mes larmes, il est contraint de se retirer aussi peu
satisfait que quand il arrive. Je ne doute
pas néanmoins que son intention ne soit
de laisser passer mes plus vives douleurs,
dans l'espérance que je changerai de
sentiment, et à la fin d'user de violence,
si je persévère à lui faire résistance. Mais,
cher époux, votre présence a déjà dissipé
mes inquiétudes. »

« Princesse, interrompit Aladdin, j'ai
confiance que ce n'est pas en vain, puisqu'elles sont dissipées, et que je crois
avoir trouvé le moyen de vous délivrer
de votre ennemi et du mien. Mais pour
cela il est nécessaire que j'aille à la ville.
Je serai de retour vers le midi, et alors je
vous communiquerai quel est mon dessein, et ce qu'il faudra que vous fassiez

pour contribuer à le faire réussir. Mais
afin que vous en soyez avertie, ne vous
étonnez pas de me voir revenir avec un
autre habit, et donnez ordre qu'on ne me
fasse pas attendre à la porte secrète au
premier coup que je frapperai. »

La princesse lui promit qu'on l'atten-
drait à la porte, et que l'on serait prompt
à la lui ouvrir.

Quand Aladdin fut descendu de l'appartement de la princesse, et qu'il fut
sorti par la même porte, il regarda de
côté et d'autre, et il aperçut un paysan
qui prenait le chemin de la campagne.

Comme le paysan allait au-delà du
palais, et qu'il était un peu éloigné,
Aladdin pressa le pas; et quand il l'eut
joint, il lui proposa de changer d'habit,
et il fit tant que le paysan y consentit.
L'échange se fit à la faveur d'un buisson;
et quand ils se furent séparés, Aladdin
prit le chemin de la ville. Dès qu'il y fut
rentré, il enfila la rue qui aboutissait à la
porte; et se détournant par les rues les
plus fréquentées, il arriva à l'endroit où
chaque sorte de marchands et d'artisans

avait sa rue particulière. Il entra dans
celle des droguistes ; et en s'adressant à la
boutique la plus grande et la mieux fournie, il demanda au marchand s'il avait
une certaine poudre qu'il lui nomma.

Le marchand, qui s'imagina qu'Aladdin
était pauvre, à le regarder par son habit,
et qu'il n'avait pas assez d'argent pour la
payer, lui dit qu'il en avait, mais qu'elle
était chère. Aladdin pénétra dans la pensée du marchand : il tira sa bourse, et en
faisant voir de l'or, il demanda une demi-
dragme de cette poudre. Le marchand la
pesa, l'enveloppa, et en la présentant à
Aladdin, il en demanda une pièce d'or.
Aladdin la lui mit entre les mains ; et
sans s'arrêter dans la ville qu'autant de
temps qu'il en fallut pour prendre un peu
de nourriture, il revint à son palais. Il
n'attendit pas à la porte secrète : elle lui
fut ouverte d'abord, et il monta à l'appartement de la princesse Badroulboudour. « Princesse, lui dit-il, l'aversion
que vous avez pour votre ravisseur,
comme vous me l'avez témoigné, fera
peut-être que vous aurez de la peine à

suivre le conseil que j'ai à vous donner.
Mais permettez-moi de vous dire qu'il
est à propos que vous dissimuliez, et
même que vous vous fassiez violence, si
vous voulez vous délivrer de sa persécution, et donner au Sultan votre père et
mon seigneur la satisfaction de vous revoir. Si vous voulez donc suivre mon conseil, continua Aladdin, vous commence-
rez dès à présent à vous habiller d'un de
vos plus beaux habits; et quand le magicien africain viendra, ne faites pas difficulté de le recevoir avec tout le bon accueil possible, sans affectation et sans
contrainte, avec un visage ouvert, de
manière néanmoins que s'il y reste quelque nuage d'affliction, il puisse aperce-
cevoir qu'il se dissipera avec le temps.
Dans la conversation, donnez-lui à connaître que vous faites vos efforts pour
m'oublier; et afin qu'il soit persuadé davantage de votre sincérité, invitez-le à
souper avec vous, et marquez-lui que
vous seriez bien aise de goûter du meilleur vin de son pays; il ne manquera pas
de vous quitter pour en aller chercher.

Alors, en attendant qu'il revienne, quand le buffet sera mis, mettez dans un des gobelets pareils à celui dans lequel vous avez coutume de boire, la poudre que voici ; et en le mettant à part, avertissez celle de vos femmes qui vous donne à boire, de vous l'apporter plein de vin au signal que vous lui ferez, dont vous conviendrez avec elle, et de prendre bien garde de ne pas se tromper. Quand le magicien sera revenu, et que vous serez à table, après avoir mangé et bu autant de coups que vous le jugerez à propos, faites-vous apporter le gobelet où sera la poudre, et changez votre gobelet avec le sien ; il trouvera la faveur que vous lui ferez si grande, qu'il ne la refusera pas : il boira même sans rien laisser dans le gobelet ; et à peine l'aura - t - il vidé, que vous le verrez tomber à la renverse. Si vous avez de la répugnance à boire dans son gobelet, faites semblant de boire ; vous le pouvez sans crainte : l'effet de la poudre sera si prompt, qu'il n'aura pas le temps de faire attention si vous buvez ou si vous ne buvez pas. »

Quand Aladdin eut achevé : « Je vous avoue, lui dit la princesse, que je me fais une grande violence, en consentant à faire au magicien les avances que je vois bien qu'il est nécessaire que je fasse; mais quelle résolution ne peut-on pas prendre contre un cruel ennemi! Je ferai donc ce que vous me conseillez, puisque de là mon repos ne dépend pas moins que le vôtre. » Ces mesures prises avec la princesse, Aladdin prit congé d'elle, et il alla passer le reste du jour aux environs du palais, en attendant la nuit pour se rapprocher de la porte secrète.

La princesse Badroulboudour, inconsolable, non-seulement de se voir séparée d'Aladdin, son cher époux, qu'elle avait aimé d'abord, et qu'elle continuait d'aimer encore, plus par inclination que par devoir, mais même d'avec le Sultan son père, qu'elle chérissait, et dont elle était tendrement aimée, était toujours demeurée dans une grande négligence de sa personne depuis le moment de cette douloureuse séparation. Elle avait même, pour ainsi dire, oublié la propreté, qui

sied si bien aux personnes de son sexe,
particulièrement après que le magicien
africain se fut présenté à elle la première fois, et qu'elle eut appris par ses
femmes, qui l'avaient reconnu, que c'é-
tait lui qui avait pris la vieille lampe en
échange de la neuve, et que, par cette
fourberie insigne, il lui fut devenu en
horreur. Mais l'occasion d'en prendre
vengeance, comme il le méritait, et plus
tôt qu'elle n'avait osé l'espérer, fit qu'elle
résolut de contenter Aladdin. Ainsi, dès
qu'il se fut retiré, elle se mit à sa toilette,
se fit coiffer par ses femmes de la manière qui lui était la plus avantageuse, et
elle prit un habit le plus riche et le plus
convenable à son dessein. La ceinture
dont elle se ceignit n'était qu'or et que
diamans enchâssés, les plus gros et les
mieux assortis; et elle accompagna la
ceinture d'un collier de perles seulement,
dont les six de chaque côté étaient d'une
telle proportion avec celle du milieu, qui
était la plus grosse et la plus précieuse,
que les plus grandes Sultanes et les plus
grandes Reines se seraient estimées heu-

reuses d'en avoir un complet de la grosseur des deux plus petites de celui de la
princesse. Les bracelets, entremêlés de
diamans et de rubis, répondaient merveilleusement bien à la richesse de la
ceinture et du collier.

Quand la princesse Badroulboudour
fut entièrement habillée, elle consulta
son miroir, prit l'avis de ses femmes sur
tout son ajustement; et après qu'elle eut
vu qu'il ne lui manquait aucun des charmes qui pouvaient flatter la folle passion
du magicien africain, elle s'assit sur son
sofa, en attendant qu'il arrivât.

Le magicien africain ne manqua pas
de venir à son heure ordinaire. Dès que
la princesse le vit entrer dans son salon
aux vingt-quatre croisées, où elle l'attendait, elle se leva avec tout son appa-
reil de beauté et de charmes, et elle lui
montra de la main la place honorable où
elle attendait qu'il se mît, pour s'asseoir
en même temps que lui : civilité distin-
guée qu'elle ne lui avait pas encore faite.

Le magicien africain, plus ébloui de
l'éclat des beaux yeux de la princesse,

que du brillant des pierreries dont elle
était ornée, fut fort surpris. Son air majestueux, et un certain air gracieux dont
elle l'accueillait, si opposé aux rebuts
avec lesquels elle l'avait reçu jusqu'alors,
le rendirent confus. D'abord il voulut
prendre place sur le bord du sofa; mais
comme il vit que la princesse ne voulait
pas s'asseoir dans la sienne, qu'il ne se fût
assis où elle souhaitait, il obéit.

Quand le magicien africain fut placé,
la princesse, pour le tirer de l'embarras
où elle le voyait, prit la parole, en le
regardant d'une manière à lui faire croire
qu'il ne lui était plus odieux, comme elle
l'avait fait paraître auparavant, et elle
lui dit : « Vous vous étonnerez sans doute
de me voir aujourd'hui tout autre que
vous ne m'avez vue jusqu'à présent; mais
vous n'en serez plus surpris quand je vous
dirai que je suis d'un tempérament si opposé à la tristesse, à la mélancolie, aux
chagrins et aux inquiétudes, que je cherche à les éloigner le plus tôt qu'il m'est
possible, dès que je trouve que le sujet
en est passé. J'ai fait réflexion sur ce que

vous m'avez représenté du destin d'Aladdin ; et de l'humeur dont je connais mon père, je suis persuadée, comme vous, qu'il n'a pu éviter l'effet terrible de son courroux. Ainsi, quand je m'opiniâtrerais à le pleurer toute ma vie, je vois bien que mes larmes ne le feraient pas revivre. C'est pour cela qu'après lui avoir rendu, même jusque dans le tombeau, les devoirs que mon amour demandait que je lui rendisse, il m'a paru que je devais chercher tous les moyens de me consoler. Voilà les motifs du changement que vous voyez en moi. Pour commencer donc à éloigner tout sujet de tristesse, résolue à la bannir entièrement, et persuadée que vous voudrez bien me tenir compagnie, j'ai commandé qu'on nous préparât à souper. Mais comme je n'ai que du vin de la Chine, et que je me trouve en Afrique, il m'a pris une envie de goûter de celui qu'elle produit, et j'ai cru, s'il y en a, que vous en trouverez du meilleur. »

Le magicien africain, qui avait regardé comme impossible le bonheur de parvenir si promptement et si facilement à

entrer dans les bonnes grâces de la princesse Badroulboudour, lui marqua qu'il
ne trouvait pas de termes assez forts pour
lui témoigner combien il était sensible à
ses bontés ; et en effet, pour finir au plus
tôt un entretien dont il eût eu peine à se
tirer, s'il s'y fût engagé plus avant, il se
jeta sur le vin d'Afrique dont elle venait
de lui parler, et il lui dit que parmi les
avantages dont l'Afrique pouvait se glo-
rifier, celui de produire d'excellent vin
était un des principaux, particulièrement
dans la partie où elle se trouvait ; qu'il en
avait une pièce de sept ans qui n'était pas
encore entamée, et que, sans trop le pri-
ser, c'était un vin qui surpassait en bonté
les vins les plus excellens du monde. « Si
ma princesse, ajouta-t-il, veut me le permettre, j'irai en prendre deux bouteilles,
et je serai de retour incessamment. » « Je
serais fâchée de vous donner cette peine,
lui dit la princesse ; il faudrait mieux que
vous y envoyassiez quelqu'un. » « Il est
nécessaire que j'y aille moi-même, repartit le magicien africain : personne que
moi ne sait où est la clef du magasin, et

personne que moi aussi n'a le secret de l'ouvrir. » « Si cela est ainsi, dit la prin-cesse, allez donc, et revenez promp-tement. Plus vous mettrez de temps, plus j'aurai d'impatience de vous revoir; et songez que nous nous mettrons à table dès que vous serez de retour. »

Le magicien africain, plein d'espérance de son prétendu bonheur, ne courut pas chercher son vin de sept ans; il y vola plutôt, et il revint fort promptement. La princesse, qui n'avait douté qu'il ne fît diligence, avait jeté elle-même la poudre qu'Aladdin lui avait apportée, dans un gobelet qu'elle avait mis à part, et elle venait de faire servir. Ils se mirent à table vis-à-vis l'un de l'autre, de manière que le magicien avait le dos tourné au buffet. En lui présentant ce qu'il y avait de meilleur, la princesse lui dit : « Si vous voulez, je vous donnerai le plaisir des instrumens et des voix; mais comme nous ne sommes que vous et moi, il me semble que la conversation nous donnera plus de plai-sir. » Le magicien regarda ce choix de la princesse comme une nouvelle faveur.

Après qu'ils eurent mangé quelques morceaux, la princesse demanda à boire. Elle but à la santé du magicien; et quand elle eut bu : « Vous aviez raison, dit-elle, de faire l'éloge de votre vin; jamais je n'en avais bu de si délicieux. » « Charmante princesse, répondit-il, en tenant à la main le gobelet qu'on venait de lui présenter, mon vin acquiert une nouvelle bonté par l'approbation que vous lui donnez. » « Buvez à ma santé, reprit la princesse; vous trouverez vous-même que je m'y connais. » Il but à la santé de la princesse. Et en rendant le gobelet : « Princesse, dit-il, je me tiens heureux d'avoir réservé cette pièce pour une si bonne occasion; j'avoue moi-même que je n'en ai bu de ma vie de si excellent en plus d'une manière. »

Quand ils eurent continué de manger et de boire trois autres coups, la princesse, qui avait achevé de charmer le magicien africain par ses honnêtetés et par ses manières tout obligeantes, donna enfin le signal à la femme qui lui donnait à boire, en disant en même temps qu'on lui apportât son gobelet plein de vin, qu'on remplît de même celui du magicien africain, et qu'on le lui présentât. Quand ils eurent chacun leur gobelet à la main : « Je ne sais, dit-elle au magicien africain, comment on en use, chez vous quand on s'aime bien, et qu'on boit ensemble, comme nous le faisons. Chez nous, à la Chine, l'amant et l'amante se présentent réciproquement à chacun leur gobelet, et de la sorte ils boivent à la santé l'un de l'autre. » En même temps elle lui présenta le gobelet qu'elle tenait, en avançant l'autre main pour recevoir le sien. Le magicien africain se hâta de faire cet échange avec d'autant plus de plaisir, qu'il regarda cette faveur comme la marque la plus certaine de la conquête entière du cœur de la princesse, ce qui le mit au comble de son bonheur. Avant, qu'il but : « Princesse, dit-il le gobelet à main, il s'en faut beaucoup que nos Africains soient aussi raffinés dans l'art d'assaisonner l'amour de tous ses agrémens que les Chinois ; et en m'instruisant d'une leçon que j'ignorais, j'apprends aussi à quel point je dois être sensible à la grâce que je reçois. Jamais je ne l'oublierai, aimable Princesse : je vais retrouver, en buvant dans votre gobelet, une vie dont votre cruauté m'eût fait perdre l'espérance, si elle eût continué. »

La princesse Badroulboudour, qui s'ennuyait du discours à perte de vue du magicien africain : « Buvons, dit - elle en l'interrompant, vous reprendrez après ce que vous voulez me dire. » En même temps elle porta à la bouche le gobelet, qu'elle ne toucha que du bout des lèvres, pendant que le magicien africain se pressa si fort de la prévenir, qu'il vida le sien sans en laisser une goutte. En achevant de le vider, comme il avait un peu penché la tête en arrière pour montrer sa diligence, il demeura quelque temps en cet état, jusqu'à ce que la princesse, qui avait toujours le bord du gobelet sur ses lèvres, vit que les yeux lui tournaient, et qu'il tomba sur le dos sans sentiment.

La princesse n'eut pas besoin de commander qu'on allât ouvrir la porte secrète à Aladdin. Ses femmes, qui avaient le mot, s'étaient disposées d'espace en espace depuis le salon jusqu'au bas de l'escalier, de manière que le magicien africain ne fut pas plutôt tombé à la renverse, que la porte lui fut ouverte presque dans le moment.

FIN DU HUITIÈME VOLUME.

TABLE

DU TOME HUITIÈME.

Fin de la Table du huitième volume.

www.ingramcontent.com/pod-product-compliance
Lightning Source LLC
Chambersburg PA
CBHW070214030726
47505CB00006B/1673